Design · Yoshihiko Kamabe

「き、綺麗だね……」
『存在亡き者』──坂井悠二
「そ、そうですね……」
クラスメイト──吉田一美

紅世の徒“屍拾い”──ラミー
「ほう……分かるのか。只者ではないな」

紅世の王“蹂躙の爪牙”——マルコシアス
「でも、フレイムヘイズってことは……」
クラスメイト——佐藤啓作

「同士討ちですよ!?」
クラスメイト——田中栄太
「あら、やる気？　そんなか細い存在でぇ？」
フレイムヘイズ“弔詞の詠み手”——マージョリー・ドー

「……もっと、強くなってよ……!!」
フレイムヘイズ“炎髪灼眼の討ち手”――シャナ

「うん、なるよ。だから、泣かないで」

灼眼のシャナII

プロローグ

僕は、知らされた。

一人の少女に。

誰にも気付かれないところで人が喰われ、この世が歪んでいると。

人がこの世にあるための根源の力を、異世界の住人たちが喰っているのだと。

異世界の住人〝紅世の徒〟は、人の〝存在の力〟を得ることで、この世に自分を現す。その力で物事を〝自在〟に操る。人の目を誤魔化し、この世を好きに闊歩する。

喰われた人は、消える。死ぬんじゃなくて、消える……最初からいなかったことになってしまう。存在そのものを奪われるのだから。

存在の欠けた場所は、歪む。それまで存在していたものへの繋がりが断たれることで、世界に不自然と矛盾がたくさん生まれる。

その存在の乱獲と歪みは、いずれこの世と〝紅世〟に取り返しのつかない災厄をもたらす……〝徒〟の中でもとりわけ強大な存在である〝王〟たちの中に、そう思った連中がいた。

彼らはその災厄を未然に防ごうと、この世で好き放題に〝存在の力〟を喰い散らかし、〝自在〟に物事を捻じ曲げ続ける同胞たちを討ち滅ぼすことにした。

でも、強大な彼らがこの世に現れ、戦うためには、より多くの〝存在の力〟が要る。そのためにたくさんの人を喰らうんじゃ、本末転倒だ。だから、彼らは次善の策を取った。

この世の人の過去・現在・未来、全ての広がりを器に見立て、そこに満たされていた存在を捧げさせて、空いた器に〝王〟たる自身を容れる……そんな、策だ。

そして、〝王〟に望まれた人たちは躊躇うことなく、自らの存在を供物として捧げ、代わりに器を満たす力を得る契約を交わした。

彼らは、〝紅世の徒〟に、大切なものを奪われた人たち。この世の人としての、全てを失おうとも。だから彼らは、戦いを、復讐を、討滅を望み、〝王〟の力を振るって〝紅世の徒〟を、どこまでも、いつまでも、追い続ける。

この世の人でもなく、〝紅世の徒〟でもない、異能を繰る討ち手たち。

その名は〝フレイムヘイズ〟。

僕の前に、外れた世界を引き連れて現れたフレイムヘイズは、〝紅世〟の魔神〝天壌の劫火〟アラストールと契約した『炎髪灼眼の討ち手』。

瞳と髪を紅蓮に煌かせ、黒衣をまとい、大太刀を振るう、少女。

名前は、シャナ。

僕が、つけた。

1　もつれる今

坂井家の狭い庭に満ちる、早朝の静謐な空気。

それを裂いて一陣、
坂井悠二へと向けて、空気を裂く音さえ後に残す、神速の斬撃が疾る。

悠二が、その地を摺ってせりあがる太刀風に感じるのは必殺の威力。その威力に立ち向かう気の張りが、ない。恐れから、反射的に目を閉じる。

「っ!」

太刀風が、閉じた瞼を削るように通り過ぎた。

その衝撃にこじ開けられるように悠二が再び見れば、斬撃はすでに方向を変え、頭上から降ってきている。その重さを想像した体が慄き、仰け反る。

その傾斜に沿って、斬撃は地へと吸い込まれる。と思えば、それは突然跳ね上がって、まごつく悠二の脛を十分な重さを持って、
ひっぱたいた。

「うあ痛っ！」

悠二は思わず、打たれた脛の中心部、いわゆる弁慶の泣き所を抱え込み、飛び上がった。その片足飛びする足裏に、さっき脛を打った木の枝がひょいと入って、引かれる。

「う、わわっ!?」

見事なタイミングで足を掬われた悠二は、背中からまともに地面に落ちた。

「んぎっ！　——っ」

「三十二回目」

息を詰まらせ悶絶する悠二を傲然と見下ろしているのは、小柄な少女。

年の頃も十一、二という幼さだが、押しの効いた凜々しい顔立ちや、全身に満ちる圧倒的な存在感が、異様なまでの貫禄をその身にまとわせている。その貫禄は、片手に軽く握った木の枝に白刃以上の迫力を、着ているぶかぶかの体操着に鎧以上の重厚さを与えている。

「今朝だけで、三十と、二回目」

悠二を翻弄した斬撃も異常な貫禄も当然、少女はただの人間ではない。

この世の人の〝存在の力〟を喰らう異世界の住人〝紅世の徒〟を討滅する異能者〝フレイムヘイズ〟の一人だった。

悠二のつけた彼女の通称は〝シャナ〟。本名は不明。あるのかもしれないが、不明。

そのシャナが、倒れた悠二を苛立った顔で睨んでいる。

「どういうつもり？」

淡くも鋭い朝の光が、長いストレートの黒髪を透かして射しこみ、悠二に目を細めさせる。

眩しい、あまりに眩し過ぎる姿。

と不意に、そのシャナの胸元から、重く低い男の声が響いた。

「まったくだ。たるむにしても程がある」

声を出したのは、銀の鎖で繋いだ黒い球を、交叉する金のリングで結んだ形のペンダント。

声の主は〝天壌の劫火〟アラストール。同胞による〝存在の力〟乱獲が引き起こす世界のバランス崩壊を憂い、契約の元、シャナに力を与えている〝紅世の王〟の一人である。

彼（？）は、本体をシャナの内に眠らせ、意思だけをこのペンダント型の神器〝コキュートス〟で表出させているのだった。

「このところ、打たれる数が初日よりも増えているではないか。この鍛錬を提案したのは貴様なのだぞ」

「そりゃ、そう、だけど」

悠二は弱々しく答えた。寝巻き兼用のジャージの背をはたき、のろのろと身を起こす。

その、どこかやる気のない様子に、シャナはますます表情を険しくした。

アラストールの言うように、この鍛錬は悠二の希望によるものだった。

十日ほど前、悠二はシャナ、アラストールと出会い、彼女らと、この街で人間の〝存在の力〟

を喰い散らしていた〝紅世の徒〟との戦いに巻き込まれた。正確には、巻き込まれていた自分の立場を、守られる事情を自分が持っていることを、気付かされた。

ともかくも三人は紆余曲折を経て、なんとかその〝徒〟を倒したのだが、その戦いにおける悠二の立場は完全なお荷物だった。たしかに頭脳労働その他、役に立てた場面もあったが、それでも守られっぱなしという立場は辛かった。そのためにシャナの心身を、ひどく傷つけもしたのだ。

だから戦いの後、当分この街に居着くことを決めた二人に、せめて足手まといにならない程度に自分を鍛えてくれないか、と申し出たのも、悠二としては当然の思考の帰結だった。

対するシャナは、不承不承の体を取りつつも断らず、ゴールデンウィークも含めた一週間ほどの毎早朝、稽古をつけてくれた(もっとも、〝紅世の徒〟を討滅する以外に生活というものを持たない彼女には、他にすることもないのだが)。

ところが、その期間を経た今も、悠二には上達の気配がない。コツを覚える程度の進歩もなく、それどころか今のように怠惰の色さえ見せ始めていた。

シャナの教え方が悪かったのかといえば、そうでもない。そもそもシャナが悠二に課したことは『目を閉じるな』、それだけだったのだから。

鍛錬の初日、つまり〝徒〟を討滅した翌朝。

前の晩に力を出し尽くした影響で、立っているのがやっとというほどに消耗した(と、シャナ自身ではなく、アラストールが言った）シャナは、それを感じさせない力強い声で言った。

「戦いの場でうまく立ち回るために必要なのは、技術じゃない。ただ一つ、『殺し』を感じるってことなの」

なんとも率直で殺伐とした、彼女らしい言い回しだった。

「なにをするにつけ、これができないと話にならない。逆にこれができれば、相手の『殺し』を避けることも、その隙間に自分の『殺し』を入れることも〝自在〟になる。だから、おまえはまず『私がいる』、その全てから『殺し』が生まれるのを感じることから始める」

「そんなこと言ったって……具体的には、どうすりゃいいのさ」

訊く悠二に、シャナは楽しそうに、しかし思い切り酷薄に笑って見せた。

「見て慣れる、それだけよ。これから私が、いろんな『殺し』をおまえに見せる。おまえはそれを見て、感覚を磨き感触に慣れていく。簡単でしょ？」

ぞっとする悠二にシャナがつけた一つの条件、それが、

「だから、絶対に目を瞑っちゃ駄目。もし瞑ったら、遠慮なくひっぱたくわよ」

というものだった。

（……最初は、ちゃんとやってたのに……）

苛立つ表情の影に暗く重い気持ちを隠して、シャナは思い返す。

訓練を始めた頃の悠二には熱意があった。それは必ずしも結果には結びつかなかったが、と

もかく動作一つ一つに意気込みが表れていた。自分も、なぜかそれが面白くて、楽しくて、戦いでの消耗も気にならないほどに体を動かした。

それが、いつ頃からだろう、悠二が妙に力を抜き始めた。それを指摘されると言い訳をして、ともかく毎朝サボることもなく……しかしどこか気迫を失っていった。

シャナとしても、別に義務ではないのだから、本人にやる気がないのなら放り出せば良かった。事実、アラストールはそうするよう言った。

「でも〝徒〟がまた現れたときのために備えておく必要があるの！」

とシャナは自分でも驚くほどの大声で反抗し、アラストールは黙った。いつものように、ごめん、構わん、ですぐに仲直りできたけれど。

（……分からない……）

悠二の態度も、自分の気持ちも。

遠まわしに拒まれている……そう思うと、怒りとも困惑ともとれない、重くて嫌なものが、胸の中に湧き上がってくる。

（私はあのとき、フレイムヘイズとしての自分を、確信して覚悟して、戦った……悠二もそれを……だから……なのに……）

あの戦いでの悠二の叫びを、最後の笑みを、シャナは思い出す。思い出して、また苦しくなる。こんなことになる前は、あの叫びは、あの笑みは、もっと……。

のろのろと立ち上がって自分に向き合う、悠二の姿。

（違う、こんなのじゃない）

そう感じる。しかし、なにがどう違うのかが分からない。

それを糾すための言葉を、自分は持っていない。

だから、持っているものをぶつけるしかない。

それは、木の枝でしかない。

嫌な気分だけれど、そうするしかない。

思いの袋小路で足掻くように、シャナは再び悠二に斬撃を繰り出そうとする。

その、互いの隙間でしかない二人の対峙に、

「シャナちゃん、そろそろ切り上げないと、今日から学校でしょう？」

と、呑気な女性の声が割って入った。

坂井家の縁側（といっても、単なる庭に面した掃き出し窓だが）に、悠二の母である坂井千草が、お盆を置いて座っていた。

お盆には、よく冷えたオレンジジュースを入れたグラスが二つと、かりんとうを山と盛った皿が載っている。この場に微妙に合っていないお菓子は、悠二に稽古をつけてくれる超絶甘党少女・シャナへの、千草からのお礼である。当然、悠二にはこれを食べる権利はない。

「今朝も全然ダメ？」

おっとり笑顔に嫌味のない呆れを混ぜて、千草は言う。

坂井家は本来三人家族だが、父の貫太郎は海外に単身赴任しているので、家には悠二とこの千草しかいない。

シャナは御崎市に来てから、大半の時間をこの坂井家で過ごしている。

図らずも守ることになった悠二の自宅、ということもあるが、千草が何につけ物事を受け入れ、余計な詮索をしないからでもあった。彼女はシャナが無遠慮に入り浸っても、嫌な顔一つせず、文句一つ言わない(なにをされても気にはしなかったろうが)。それどころか毎朝の、この息子をぶっ叩くだけのような鍛錬も、ほとんど楽しんで眺めている感さえあった。

シャナは木の枝を放り捨てて、その千草の傍らに小さな腰を落とした。むすっとした顔で答えつつ、かりんとうに手を伸ばす。

「今朝も、全然、ダメ。なってない。それどころか悪くなってる」

ボリ、と苦虫代わりにかりんとうを噛み潰す。

千草はそんな、見た目中学生も怪しいシャナのタメ口を全く気にしない。ただ、息子の不甲斐なさに、頬に手を当ててため息をつく。

「そう。せっかくシャナちゃんが毎朝来てくれてるのに、やり甲斐がなくて悪いわねえ」

シャナはこの街では表向き、悠二のクラスメート〝平井ゆかり〟を偽装している。千草も最初は当然、彼女をその名で呼んでいたが、入り浸られる場所で二つの名前を使い分けるのが面倒くさくなった悠二は、母にも彼女を〝シャナ〟と呼ばせるようにした。

「そういうあだ名なんだ」

　という息子の一言で、千草はあっさり納得した。

　シャナはそんな、隔意というもののない彼女が嫌いではない。かりんとうを今度は鷲摑みにして言う。

「千草が気にすることじゃない。悪いのは悠二よ」

「貫太郎さんと私、どっちに似ても運動神経はいいはずなのにねえ」

「素質が良くても、本人に気迫がなければ駄目」

　容赦なく言うと、シャナは小さな掌一杯に摑んだかりんとうを口に放り込んだ。バリボリと派手に音を立てて、これを粉々に砕く。

　千草は、あらあら、と言うだけ。嬉しそうですらある。

　こういう千草の態度は、悠二と出会うまで人とのやり取りのほぼ全てを力と売買の形でしか行ってこなかったシャナに、新鮮な驚きと居心地の良さを感じさせている。

　千草も、シャナの不器用さを微笑ましく思っているらしい。この十日ほどで、彼女にとってのシャナの存在は、『悠ちゃんのガールフレンド』という、間に悠二を置いたよそよそしいものから、『私のお友達』、あるいは『娘』ほどにまで近付いていた。そのシャナが、かりんとうを全部食べ終わるのを待って、言う。

「お風呂、早く入っちゃいなさい。体操服は忘れずにいつもの籠に入れてね」

「うん」

シャナは素直に答え、お盆からグラスを取った。挿してあるストローを無視してジュースを一気に飲み干し、音高くグラスをお盆に返す。すっくと立って縁側を上がり、風呂場へと向かう。広がりなびく長い黒髪が、その顔を隠していた。

シャナは千草に半ば強制されて、毎朝の鍛錬の後、入浴するようになっていた。千草も、おっとりしているようで、こういう辺りの押しは強い。もっとも、勧められた本人は結果的にこの入浴という行為をかなり気に入って、朝からの長風呂も珍しくなくなっている。

人としての暮らしを持たないシャナは、そもそも入浴の習慣を持っていなかった。別に不潔だったわけではない。アラストールによる清めの炎の力で体を清潔に保てていたため、その必要がなかっただけのことだ。

悠二は一度だけ、その清めの炎を見ている。一瞬、体の表面を炎が覆ったように見えた、それだけであらゆる汚れが清められるという、なんとも簡単で便利な力だった。

「煮沸消毒みたいだな」

と口を滑らせて蹴り飛ばされたのは余談。

ともかく風呂は、実用本位なシャナの、食事と並ぶ数少ない娯楽となっていた。

そのシャナの奥に入ってゆく後ろ姿を見るでもなく、悠二も縁側に力なく座る。ふと、横からの視線を感じた。

感じて、しかし無視する彼に、小さな子供に言い聞かせるような声がかかる。

「悠ちゃん、女の子をいじめるのは、お母さん感心しないわよ」

悠二は眉を顰めた。

「……いじめる？　逆だろ」

息子の本気の返事に、千草はため息とともに首を振る。

「ふう……本当に、鈍いところだけは貫太郎さんによく似てるのねえ」

「どういうことさ」

「教えたげません。自分で考えなさい」

千草は、悠二が手を伸ばしたグラスを先に取り上げ、ストローに口をつけた。

悠二は文句を言おうとして、やめた。


「……」

脱衣所で、シャナは黙々と服を籠の中に放り落とす。

一瞬で終わる清めの炎の爽快感とは対照的な行為。温かなくつろぎである入浴と、その準備である脱衣……最初の頃は下手な鼻歌さえ出た。今は重いため息しか出ない。

籠の中、こういうときには服の一番下に隠される決まりのペンダントから、アラストールがくぐもった声をかける。

「まだ続けるのか」

「……ごめん」

「そうではない」

この、シャナにとっては父か兄、あるいは師か友である異世界の魔神は、〝天壌の劫火〟などという物騒な真名の似合わない、結構な人格者である。しかしその彼をして、このところの悠二の態度は腹に据えかねるものがあったらしい。平淡な声で、決定的なことを訊く。

「ここでの暮らしをまだ続けるのか、と問うているのだ」

「!!」

シャナが、脱ぎかけたキャミソールの中で身を硬くした。

「〝平井ゆかり〟であることも、学校とやらに関わっているのも……ここにいること、それさえも、〝狩人〟フリアグネとの戦いからの惰性に過ぎぬ。坂井悠二を消して『零時迷子』を回収、あるいは破壊するという選択肢を、我らは当然、持っている」

「……っ……」

声が枯れたように、シャナはただ、口を開け閉めする。

アラストールは構わず続ける。

「あ奴の存在とここでの暮らしを我が許容している理由はひとえに、おまえの意思のあるがためだ。どうだ、まだ続けるのか」

「わ、私……」

使命以外の面では全く幼い少女に、しかしアラストールは何も教えない。ただ言う。

「分からぬというのなら、答えは急がずともよい」

「アラストール、私、でも……」

「不分明なことを無理に言葉にするな。誤魔化しが生じる」

アラストールは言い繕いを許さない。

シャナは一言だけを、やっと返した。

「……もうちょっと、待って」

「分かった。早く入れ。遅刻する」

「うん」

シャナは残った下着を全部脱いで、浴室に入る。ペタペタと踏むタイルまでもが、やけに冷たく感じられた。

(なぜ、こんなことで、ここまで嫌な気持ちになるんだろう)

事実は簡単なのだ。

悠二が、やる気をなくした。

それだけだ。

（なぜ、こんなことで）

シャナはシャワーを出して、頭からかぶる。

冷えた浴室に湯気が立ちこめてゆく。

その曇る視界の中、思いに沈む。

（悠二があんまり弱すぎるから嫌になった？　それとも、口だけでやるやるって言う、その不真面目さに怒ってる？）

もしそうだとしても、それがなぜ、こんなに重くて嫌な気持ちを湧き上がらせるのか。

（分からない）

自分のことなのに、本当に、なにも、分からなかった。

（——っ!!）

シャナは不意に衝動に駆られ、握り拳で稜線の脹らみもわずかな胸を思い切り叩いた。

この不可解な思いも壊れよ、とばかりに。

しかし、もたらされたのはやはり、鈍い痛みと温水の飛沫だけ。

これまでのように、力ずくでは解決しなかった。

温水と湯気の中で、小さな体が立ち尽くす。

（……力、ずく……）

内と外からくる胸の苦しさに顔を伏せつつ、ふと思った。

（……いっそ、〝徒〟が来ればいい……）

思った瞬間、気持ちが高揚した。

（そうだ）

それはいつもの、闘争心の滾りだけではない。無自覚の、まるですがるような期待をも込めた、熱く切実な渇望だった。

（戦い……戦いさえあれば、そうすれば、あのときみたいに……すっきりできるかも）

以前も、今のこの気持ちとどこか似た、嫌な気分になった。しかし、訪れた戦いが全て、それを吹き飛ばした。吹き飛ばしてくれた。

そう、戦いさえあれば。

戦いさえあれば。

「!!」

そして、
まるで奇跡のように。

あるいは冗談のように。

まさに、そう思った瞬間に、シャナは感じた。

（……いる……）

この世の違和感。

本来この世にいるはずのない者が存在しているという、違和感。

それは、〝存在の力〟を繰り、この世に干渉する者の気配。

(……〝紅世の徒〟が、近くにいる……!!)

流れ落ちる温水に隠すように、シャナは悲痛なまでの笑みを浮かべていた。


しかし、その戦いの到来は、シャナの期待と望み、全てを裏切る。


黒いパンプスを先端にかざした、すらりと長い両脚を組んで、その女性は座っていた。

外見は二十過ぎ。欧州系特有の鼻筋の通った美貌を薄化粧で、しかし見事に彩っている。ストレートポニーにした栗色の髪の艶やかさや、抜群のプロポーションを包む丈の短いスーツドレスの着こなしなど、その全体は、まるで撮影を待つトップモデルだった。

ただし、その『笑えば絶世の』という美貌が、どういうわけか険悪そのものの表情を作っていた。縁なし眼鏡を貫いて走る眼光も、強烈な鋭さを持っている。

彼女が陣取っているのは、御崎市駅バスターミナルの、ベンチを並べた待合所。通勤通学の雑踏でごった返すそこは、駅ビルと大通りに挟まれた御崎市の中心部である。

であるが、その雑踏は、異様な苛立ちを顔に表す美女と、その前に積んであるとある物の周囲十メートルほどを、まるで見えないフェンスでも張ってあるかのように避けて通っている。

表情どおりの不機嫌そのものといった声で、女性は言う。

「……にしても、なに、この街？　トーチだらけ」

彼女は五人掛けベンチの真中に浅く腰掛けているが、その付近には誰もいない。ただ、背もたれにかけた手の下、右隣の席に、たった一つの持ち物らしい妙な物体が置かれていた。

異様に大きく、分厚い本。

まるで画板を幾つも重ねたようなモノゴツさである。それが、鞄のような下げ紐をつけた、ブックホルダーとでもいうような物に収まっている。

女性は視線をその本に流し、吐き捨てるように言う。

「ここに向かってたのかしら、ラミーの奴。たしかに、あのクソ野郎には絶好の狩場だけど」

それに答える。

本が。

「ああ、〝屍拾い〟の習性って奴か。ここまでの量がありゃ、あの臆病者も多少の無理を覚悟で拾いまくるだろーぜ。やあっと、楽し激しいギザギザのベーゼをプレゼントできるってもんだ、ヒー、ハー!!」

この、本があげた下品で耳障りなキンキン声に、女性は秀麗な眉を顰める。

「ああ、そーね。でもとりあえず、この街でトーチが多い原因、ざっと調べるわよ。他に〝徒〟がいて、変な邪魔されたらたまったもんじゃない」

「いーじゃねーか、いーじゃねーか、我が麗しの酒盃、マージョリー・ドー！　みんな、みんな、噛み裂いて燃しちまえばよ！」

マージョリーと呼ばれた女性は、ボスン、と本をぶっ叩いた。

「マルコシアス！　あんたがそんないい加減な調子だから、ラミーなんて弱っちい雑魚をいつまでも追う羽目になってんのよ？」

マルコシアス、というらしいその本は、負けずに返す。

「おめえに言われるたぁ心外だねえ！　追ってる間に偶然ぶつかる奴を律義にミナミナ殺しにしてっから、いつまでも肝心の標的を殺れねえんだろ？」

「当っ然でしょ！　〝紅世の徒〟をブチ殺すのが、私たち〝フレイムヘイズ〟なんだから‼」

敵はブチ殺す、その方針自体に異存はないらしい。

マルコシアスは不審気に訊く。

「……？　じゃ、なにが不満なんだ」

「いつまでも同じ獲物を追ってるって状態が鬱陶しいのよ！　ちゃっちゃとぶっちめないと、シャツのタグが引っかかるみたいに気持ち悪くてたまんないでしょーが！」

マルコシアスは弾けるように一声、笑った。

「ツハ！　なあるほど、それじゃ今回はマ～ジメ～に殺るか」

「そーよ、真面目に、殺るのよ」

マージョリーは苛立った表情のまま答え、本を今度は軽く、ポンと叩く。

「とにかく、この街のトーチの多さは異常だわ。絶対なにかあったのよ。探り入れるから、案内人を見つけて」

「あいあいよ～」

不思議なことが起こった。本を包むブックホルダーの、まるで日記に付いている鍵のような止め具がひとりでに外れ、風もないのにバラバラとページがめくれ始めたのだ。年代ものの羊皮紙らしいそのページは、古めかしい文字でびっしり埋め尽くされている。

マージョリーの右横二席分を占領してめくれ続けていた本は、やがて一つの付箋を挟んだページで止まった。

「んで、選定の括りは？」

訊かれて、マージョリーは答える。不機嫌そうな声で、いけしゃあしゃあと。

「そーね。若くて、私のこと『美人』って実際に口にした奴」

「ケーッ、色ボケが！」

嘲るように答えつつも、本は古文字の一部に群青の光を点して浮かび上がらせる。それは、

〝存在の力〟を繰って不思議を起こす〝自在式〟の一つ。

「お黙り、バカマルコ。年食ってる奴は、都合も見かけも駆け引きも、いろいろと面倒でしょうが。それに、私に好意的な方がなにかと便利なのよ」

「あーあー、そーゆーことにしといてやるよ」

声の切りと共に、浮かび上がった古文字が左から光を強めて流れ、消えた。

マージョリーの頭の中に、自分たちを囲んで流れる、あるいは立ち止まって見ている人間たちの姿が浮かび上がった。それはすぐに薄れ始め、最後に群青の光に包まれた該当者だけが残る。ぴくり、と眉が寄る。

「二人、いるわね」

「ガキンチョだな、若過ぎねえか？」

「リードするには都合いいわ。顔も、まあ片方は及第点ね」

「ヒーッヒ、やっぱ色ボ……」

「お黙り」

マージョリーは本を乱暴に閉じた。ブックホルダーの紐を取って肩にかけ、ベンチから颯爽と立ち上がる。

御崎市は、市の中央に流れる真南川を挟む、東側の市街地と西側の住宅地。それを大鉄橋・御崎大橋が結ぶ、という形をしている。

市立御崎高校一年二組のクラスメートである佐藤啓作と田中栄太は、同じくクラスメートの坂井悠二と池速人が別の中学でそうだったように、中学校以来の付き合いである。

「ひゅーう、すんごい美人。お近づきになりたいな」

「うむうむ、たしかに美人、いや、美女というべきだ」

二人は市街地の外側にある、旧住宅地と呼ばれる地区に住んでいる。当然、対岸の住宅地にある高校への通学路も一緒。その道筋は、駅前に出て大通り沿いに御崎大橋を渡り、そのまま一直線に道沿いの高校に至る、というものだ。住宅地側に住んでいる悠二や池と比べて道程は遠いが、代わりに繁華な市街への寄り道が気軽にできるという利点もあった。

「ところでさ、田中。あのビジョの前にあるのは……なんだと思う？」

人垣の間から眺める佐藤啓作は、とりあえず美をつけてもよい容姿の華奢な少年、

「俺には……ボコられたチンピラの山に見えるが」

人の頭越しに見ている田中栄太は、愛嬌のある面付きをした大柄な少年である。

この二人は登校中、駅前に連なる人垣を見つけて割り込んだのだった。ゴールデンウィークの間、結局会わなかった坂井悠二や池速人、平井ゆかりや吉田一美ら、親しいクラスメートとの久々の雑談のつかみとしては上々のネタであるように思われた。

なにせ、駅の待合所のど真ん中に、スタイル抜群、眼鏡の外人美女……二人の憧れる『女性の完成形』そのものが、ガラの悪そうな男七、八人からなる山を目の前に積み上げて、堂々と座っているのだ。常識外の光景といっていいだろう。

その美女には、どうにも刺々しい雰囲気があるため近付く者はいない。それでも皆、時間の許す限り、遠巻きに彼女を観察している。

「あの山と、さっきから一人で喋ってたのは関係あるんだろーか」

二人が見る先で、さっきから独り言を呟いたり本をバラバラめくったりしていたその美女が、今その本を閉じて立ち上がっていた。

「さあな。ケータイかけてたようにも見えんかったが……およ？」

鋭く、しかし優雅に歩き始めた美女の後ろから、通勤客の報せを受けてきたのだろう、警官が二人、駆け寄ってきていた。待合所のど真ん中にあるチンピラ山を見て一瞬ギョッとし、慌てて声をかける。

「おい、君！」

しかし、美女はそれを無視して……なぜか、佐藤と田中の方にツカツカと歩いてくる。なにが気に食わないのか、その美貌は不機嫌そうに顰められている。

「待ちたまえ！」

追いついた警官がその肩に手をかけた、

ていた。

と、見えた次の瞬間、美女は肘(ひじ)から先の動きだけで、彼を小枝でも払うように二、三メートルからの宙に放り投げていた。

触れたのは指先程度、力を込めたようにも見えない、まるで警官に重みがないような奇妙(きみょう)な眺めだった。その不思議な時間が、

「——ごげっ！」

警官の落下と悲鳴で動き出した。

「カ、カズさん！」

もう一人の警官が倒れて動かない同僚に叫び、腰の警棒に手を伸ばす。

佐藤(さとう)と田中(たなか)は見た。

彼らの方に向けられた美女の不機嫌そうな顔が、その動作を見もしないのに、明らかな呆(あき)れのため息をつくのを、確かに。

「ああ、もう」

美女は小声で呟(つぶや)き、肩から下げていたブックホルダーに指先を付ける。

すると、そのドでかい本が、まるで掌(てのひら)に吸い付くように浮き上がり、突然開いた。敵意と恐怖を顔に浮かべる警官に、その開いたページがかざされる。

一瞬、まるでストロボのような、青く強い光が見えた……気がした。

　はっ、と観衆が我に返れば、美女の前に出した掌に、画板をまとめたような本の背が張り付き、開いている。ありえない光景だったが、それ以上の不思議がすぐに起こる。

「これで、文句ないわね。アレは、どっかのババアに絡んでたのを鎮圧しただけ。もう片していいわよ」

　と美女が顎でチンピラを指して言い、警官が慌てて答礼したのだ。

「は！　治安活動へのご協力に感謝します！」

　美女はその返答を無視して、再び体を翻す。本はいつの間にかまた閉じて、小脇に収まっていた。

　佐藤と田中は顔を見合わせ、また不思議を見直す。

　警官はどこか呆けたような表情で、うめく同僚を助け起こしている。

　そんな背後の光景をもう忘れているかのように、美女はなぜか立ち尽くす人垣、その中の彼らに向けて一直線に歩いてくる。

　やがて美女は人垣の端、つまり二人の真ん前に立った。

　丈の短いスーツドレスをまとう、出るところを見事に押し出した長身。十五歳としては平均的な身長の佐藤は元より、大柄な田中とほとんど目線が並んでいる。もちろん、その貫禄は比べ物にならない。

　いつしか二人を残して、人垣が退いている。彼らだけが何故か動かずに、というより身動きを許されないように、そこに棒立ちに立たされていた。

その二人に美女は、苛立った表情もそのままに、ぶっきらぼうな口調で訊いた。媚を売るでもなく、科を作るでもなく、ただ優雅に身を逸らし、髪を掻き揚げて。

「私、そんなに綺麗？」

「はいっ!!」

二人は声をそろえて返答した。

こうして、佐藤啓作と田中栄太は、〝蹂躙の爪牙〟マルコシアスのフレイムヘイズ、マージョリー・ドーの、御崎市における案内人となったのだった。

坂井悠二は、実は人間ではない。

（それは、問題じゃないんだ）

より正確に言うと、今ここにいる彼は、故・坂井悠二の残り滓、〝トーチ〟である。

（そんなことには、もう、とっくに気持ちの整理をつけたはずなんだ）

その昔、この世に現れた〝紅世の徒〟たちは、ひたすら人の〝存在の力〟を喰い続けるだけだった。喰われた人々の消滅によるこの世の歪みも〝紅世〟とのバランスも気にかけず、ただ己の欲するままに力を振るい、この世を荒し、乱し続けるだけだった。

しかしその内、〝徒〟たちは気付いた。

忌々しい同胞殺し、彼らの〝自在〟を邪魔する討滅者・フレイムヘイズが、彼らの〝存在の力〟乱獲によって生じるこの世の歪み……つまり、存在の急速な喪失による違和感を察知して自分たちを追っている、ということに。

そこで彼らは、その歪みの衝撃を極力小さくするための、一つの方法を考え付いた。

人の〝存在の力〟丸ごと全てを喰わず、その残り滓で代替物を作り、配置することを。

〝トーチ〟と名付けられたその代替物は、周囲の人や世界との繋がりを当面保つ。本人の欠片から造られているため、記憶も人格も生前のまま。生命活動さえ行われている。

ただ、わずかに残された〝存在の力〟の消耗につれ、無気力、無個性になり、文字通り存在感をなくしてゆく。こうすることで、その喪失は人々に違和感をもたらさなくなる。

どれだけ大きな存在感を持ち、目立っていた人物でも、次第に周囲に構われなくなり、忘れられてゆく。少しずつその役割や居場所を他人に明け渡し、やがて、その人物のいない風景、必要としない世界に人々が慣れた頃……本当に消える。誰にも気に留められることなく。

このトーチの出現によって、フレイムヘイズが感じられる範囲での急激な歪みはなくなった。フレイムヘイズたちは、自分の足で歩き回ってトーチのある場所を探し、〝徒〟を見つけなければならなくなったのだった。

しかし、世界の条理とは、よほど皮肉にできているものらしい。この〝徒〟たちの誤魔化しの道具が結果的に、存在の急速な喪失によるこの世の歪みを緩和したのである。フレイムヘイズの目的である世界のバランス保持を、その仇敵たる〝徒〟が手伝ってくれたのだった。

とはいえ、〝徒〟が乱獲を止めるはずもない。ならば、フレイムヘイズによる討滅も続く。トーチの出現後も、両者のいたちごっこに終わりは見えなかった。

今ここにいる悠二も、その本人の残り滓、トーチである。つまり、〝本物の坂井悠二〟はとうに、この街を襲った〝紅世の徒〟に喰われて、死んでいるのだった。

（そう、あの戦いの中で僕は思ったはずだ……そんなことはどうでもいい、今あること、それだけだ、って……）

ただ、悠二の場合は多少、事情が複雑である。

彼は〝ミステス〟と呼ばれる、トーチの中でも特殊な種類の存在だった。簡単に言うと、体の中に宝物を持っている。

（あの戦いの中で、彼女と今を……そう、思ったんだ……今もたぶん、そう思ってる……）

一名を『旅する宝の倉』とも呼ばれるこれは、〝紅世の徒〟が作った宝具と呼ばれる不思議を起こす器物や、力そのものを身の内に隠している。宿したトーチが消えれば、中身はまた次のトーチへと転移し、いつまでもこの世を流離う。

悠二の中に入っているのは宝具。それも『零時迷子』という、時の事象に干渉する〝紅世の徒〟秘宝中の秘宝だった。その昔、この世で一人の人間に恋した〝紅世の王〟が、その人間を

『永遠の恋人』とするため作った永久機関だという。

　この宝具は本来、日々消耗し続けてゆくものであるトーチの〝存在の力〟を一日という単位に括りつけ、毎日零時に、その前日の消耗を回復させるという力を持っていた。

　この宝具そのものや転移の経緯には不明な点が多いが、それでも当面の恩恵として、悠二は気力や人格を保ったまま日々を暮らしてゆくことができた。

　本人は今思っているように、開き直りに近い納得を抱いて今の自分を生きている。しかし、まさに今ある、その気力と人格が、暮らす日々での悩みを彼にもたらすのだった。

（……なぜ彼女といるその今に、僕は気持ちの張りを持てないんだろう……）

　悠二は、いつもの通学路をシャヤナと歩く。

　傍らを、小柄な体を感じさせない堂々とした歩調で進むシャヤナは、朝風呂同様、慣例どおりに坂井家で朝食をとった。

　彼女が名を借りている〝本物の平井ゆかり〟も悠二のように、一家三人で〝紅世の徒〟に喰われていた。全員がトーチとなって、いつか消える生活を送っていた。そこにシャヤナが自分の存在を割り込ませて彼女を名乗っているわけだが、最近その両親が、ついに〝存在の力〟を失い消滅した。

　結果、シャヤナが偽装している〝平井ゆかり〟だけが残され、彼女は一人暮らしということになってしまった。これは、坂井千草が彼女に世話を焼く理由の一つでもある。

シャナも、一応は実家ということになっている平井家を、生活用品の倉庫、あるいは毎夜の寝床という程度にしか考えていない。これは、彼女が坂井家に入り浸る理由の一つ。

その彼女は登校日になった今日も、ゴールデンウィーク中の習慣どおりに坂井家で朝を過ごし、その行動の延長として、当たり前のように一緒に学校に向かっている。つまり悠二とともに登校するのは、今日が初めてのことだった。

その、ともに歩く、今。

(……今が全て……でも、その今をどう思っているか、それが分からなくなるなんて……)

悠二の胸の奥に、重い戸惑いのようなものがわだかまっている。

これが、彼を以前のように動かしてくれない。彼女と一緒に〝紅世の徒〟と戦っていたときの、あの踊るような気持ちが、あの熱い力が感じられない。

では、彼女を嫌いになってしまったのか、といえば、

(嫌いなわけないじゃないか)

と断言できる。……誰もいない所で、という条件付きだが。

正直、悠二にとって恋愛云々で語るには、シャナという少女はあらゆる意味で並外れてるので、例えば(そう、あくまで例えなんだけど、と悠二は自己弁護する)、吉田一美などに抱いている素朴な好意ほどに、その手の気持ちの実感を持てない。しかしそれでも、あの戦いで摑んだ強い気持ちは、今でも自分の中に確かにある。

(なら、この澱んだ、どうしようもない気持ちはどこから来るんだろう)

思い悩むその目に、朝の光が差し込む。

シャナと出会った頃には、冷静に自分への思いを巡らせることを促していたこの光にも、今は煩わしささえ感じさせられる。彼女の後に大急ぎでシャワーを浴びた生乾きの髪も、爽やかな朝の風に、重い。

全てをネガティブに感じてしまう。

不意に、シャナが口を開いた。

「悠二」

それだけで一旦黙る。

お互いに話すタイミングを計って、結局もう一度シャナが言う。

「この近くに、〝徒〟かフレイムヘイズが来てる。昼食をとったら、すぐ調べに出るわよ」

「……」

人の〝存在の力〟を喰らう異世界の住人がまた現れた、その衝撃の報せ。

しかし、悠二の胸の澱みはどうしようもなく重く、粘りつくように気持ちを鈍らせる。

その答えは、

「………ふう、ん」

これだけだった。

シャナは悠二に期待していた。

前の戦いのように、驚いて、慌てて、たまに鋭いことを言って、一緒に。

そんな悠二の姿を期待していた。期待していたことを、ようやく自覚した。自覚したことで、期待はより大きく、強くなった。

なのに、

「なに気の抜けたこと言ってんのよ!!」

怒鳴り声が朝の通学路に響いた。

シャナは、その期待を裏切られ空いた大きな穴に、怒りがなだれ込むのを感じた。

十日前なら、この声に弾かれるように反応していたはずの少年は、今は鈍く眉を顰めるだけ。

「そんなに怒鳴るなよ」

「──っ!! "徒"が来てるのよ!? どっかで人を喰ってるかもしれないのよ!? なんで、なんでそんなにだらけていられるのよ!!」

悠二は、その怒鳴り声になにも感じなかった。

そんな理屈は、自分でも十分以上に分かっているのだ。

彼女が怒っているのに、分かっているのに、なにも感じない。

自分を睨みつけ、強く硬く声を突きこんでくる少女を眺める。

と、何気なく、澱みのどこからか一言が、泡のように浮かび上がった。

「僕なんかいなくても、別に困らないだろ」

「!!　……っ」

シャナは絶句した。

怒りが雲散霧消した。

なにも分からなくなった。

悠二と自分のこと、求めていた戦い、期待と怒り、その前の苦しみと戸惑い、自分が一体なにを、どうしたくて、
全てが、分からなくなった。

「……」

悠二も自分の言葉に驚いていた。

自分が口にしたことは事実だろうか。自分が口にしたことは本音だろうか。

なぜ、あんな言葉が出たのか。なぜ、彼女の表情が凍り付いているのか。

声が出ない。出せない。

なにを言えばいいのか分からない。

「……」

「……」

やがて二人は、どちらからともなく視線を外し、学校に向かって歩き出す。

大通りに入っても、互いの重い沈黙が喧騒の中、空白のようにはっきりと感じられる。
二人はほとんど無意識に、もう一人……彼らの間にある唯一の存在が、この空白を埋めてくれることを求めていた。ノロノロと歩みを緩め、求めていた。
シャナの胸のペンダント、
その中から全てを見つめ、全てを分かっているはずの〝天壌の劫火〟アラストールに。
二人にすがられていることを感じながら、
しかし彼はそれゆえに、なにも言わなかった。

市立御崎高校玄関ホール、一年生用下駄箱の陰で、吉田一美は死に瀕していた。

もちろん、ものの例えである。

ではあるが、本人の意識としては、全く的確な表現でもあった。

十日ほど前、無制限にランニングをさせられて倒れたときよりも、その翌日、クラスメートの坂井悠二に想いの丈を告白した（彼女の中ではそういうことになっている）ときよりも、さらにその翌日、平井ゆかりに恋敵として宣戦布告した（これも同様）ときよりも、強く激しく鼓動が胸を打っているのだ。

頭はクラクラするし、見えるもの全てに霞みがかかっているし、脚はガクガク震えているし、おそらく顔も赤くなっているだろう。心の中では、速すぎる心音に合わせるように、同じ単語がリピートされている。

（……できる、大丈夫、言える、できる、大丈夫、言える、できる、大丈夫、言える……）

緊張が人を殺すかどうかを今の彼女に訊けば、はい今死にます、という答えが返ってきたことだろう。

その手には、紙切れが二枚。握りしめ揃えた両手の親指で、まるで化け物を封じる御札に念をこめるように、力一杯押さえつけている。

傍らを通り過ぎる同級生たちが怪訝な視線を向けているのにも気付かない。そこまでの余裕はない。なにしろ、一生一大の決心で、

「へえ、それで坂井の奴をデートにでも誘うの？」

「ひやあっ!?」

吉田は縮こまってジャンプ、という器用な真似をした。

見れば傍らに、クラスメートのメガネマンこと池速人が立っている。相変わらず平静そのものの顔つきで、嫌味のない万能感を漂わせている。

「いいい、池君、これ、おと、お父さんがくれて、映画とかでも、その、良かったんだけど、ここ、こういうのもいいかなって、私、でも」

まるで身の潔白の証明書のように吉田が前に差し出しているチケットには、『御崎アトリウ

ム・アーチ美術館主催　ガラス美術工芸展』とある。

池は、なるほど吉田さんらしい、渋くて良い趣味だな、としっかり場所や内容まで確認してから、その手を押し戻してやる。

「僕に言い訳しなくてもいいって。ま、坂井が来たら切り出したげるよ」

「え、あ、ありがとう」

池はそのお礼には手を振って構わず、自分の用事として周囲を見回す。

「それより、佐藤と田中、まだ来てない？」

「う、うん、見てないけど」

池は、やれやれ、と言って頭を掻く。

「宿題借りたときくらい、早く来いよな、ったく……」

吉田にとって、こういう親切を何ということもなくしてくれる池は、自分もこうなりたい、と憧れる存在だった。自分から目立とうとはしないが、頭はいいし、他のことも大抵、平均以上にこなす。それを鼻にかけることもない。人付き合いも上手くて（現に、彼にだけは敬語を使わずに話すことができる）、困っていたときにも何度か助けてくれた。特に今のような、坂井悠二に関することで、何度も。

吉田は思い切って、この頼りになるクラスメートに訊いてみた。

「い、池君」

「ん、なに？」

「坂井君……こういうの、嫌いかな」

チケットを手にして立つ吉田一美の、助けないと自分が悪者になるような、不安気でか細い姿。本人は全く自覚していないようだが、実は容姿的にも彼女は、人目を惹き付ける派手さこそないものの、かなり可愛い部類に入る。

（ううむ、坂井よ、僕はおまえがヒジョーに憎い）

心中で悠二に五、六発ほど正拳突きをぶちこんで、それでも池は律義に的確に答える。

「デートってのは、なにを観るかじゃなくて、誰と一緒に行くかで楽しさが決まると思うよ」

「そう……」

吉田はその『一緒に行く自分』に一番自信が無い。少し大人ぶって、こういう展示会なんかを選んでみたが、無駄だったろうか……。

吉田の沈む様子に、池は慌てて言葉を継ぎ足す。

「だ、大丈夫、吉田さんが誘えば坂井も絶対喜ぶって！」

「……そうかな」

「そうだよ、もし行かないなんて言ったら」

強く保証しようとして、ふと、その悠二の傍らに立つドえらい貫禄の少女が示すだろう反応、眉を釣り上げ眼を燃え上がらせる、恐怖の姿を思い浮かべる。

とりあえず、そこら辺の要素を盛り込んで、

「……ま、なんとか説得してみるよ」

という辺りで妥協する。

もちろん吉田にとっては、それだけでも嬉しい助力だった。

「ありがとう、池君」

「だから、お礼なんていいって……ん、噂をすれば」

池の眼鏡が、玄関ホールに入ってきた坂井悠二の姿をとらえる。

ガキン、と吉田の体が直立不動の姿勢で固まった。

（……駄目だこりゃ）

池は早々に彼女の自助努力を諦め、一週間ぶりに会う友人に声をかけようとする。

と、その傍らに、小柄な少女の姿があるのに気付いた。

（あら、平井さんも一緒か）

最近あの二人は、特になにをするわけでもないのに、ずっと一緒にいる。悠二だけに話をするというなら、この朝の登校時が狙い目だと思ったのだが、あてが外れた。

とりあえず声くらいはかけよう、と思い、吉田の肩を軽く叩いて悠二の方へと向かう。

吉田も金縛りを解かれたように、それでもかなりギクシャクしながら続く。

が、二人は数歩だけで止まる。

止まらせられた。

平井ゆかりと坂井悠二の周囲に、重苦しい沈黙が下りていた。

他の生徒は二人を遠巻きに取り巻いて、その静かな脅威に慄いている。

平井ゆかりが、いつもの屹然とした存在感ではなく、皮膚をチリチリ痛ませるような圧迫感を、あたり構わず撒き散らしていた。

そして坂井悠二は、それに何を感じている様子もなく平然と傍らにある。

不気味な眺めだった。

二人はともに無表情。しかしそれは、心の穏やかさがそうさせているのではない。むしろ逆の……心に渦巻くものが激しすぎ複雑すぎる、その混沌を表したものだった。

それを周囲にいる者は感じさせられる。

触れたら絶対に爆発する、そんな危機感があたりに満ち満ちていた。

その二人が上履きに履き替えて、池と吉田の前に来る。平井ゆかりは、わずかに顔を振り向けるだけ。悠二は、おはよ、と短く言い置いていく。

返事どころか身動きさえできず、池と吉田は、二人が教室に向かうのをただ見送ることしかできなかった。

池速人が一時間目の授業で、恨み節を吐きながら宿題忘れのペナルティを喰らっている頃。

御崎市駅で不思議な美女に捕まった佐藤啓作と田中栄太は、駅の待合所と大通りを挟んで反対側に位置する喫茶店にいた。

(今日はガッコはサボりか……ま、美女とお茶してるってことで元は取れてるか)

(そういや、高校入ってからは初めてだな……池にゃ悪いが、しゃーあんめえ)

などと思い、並んで座る二人とテーブルを挟んで向かい合っているのは、マージョリー・ドーと名乗る美女と、マルコシアスと名乗る……本。

朝の通勤時特有の、静かだが忙しない空気の中、マージョリーはまるでこの店の主人のようにウエイトレスを横柄に呼びつけて、

「一番高い紅茶、ホットで三つ、早くなさい」

と勝手に注文した。二人を促して席につかせると、彼女は声を潜めるでもなく、いきなり核心から切り出した。

「この街に人喰いの怪物が来たの。私たちはそれを追ってる。だから協力しなさい」

「……」

「……」

おいおい、とマルコシアス——二人の目と頭がおかしくなければ、マージョリーの横の席に置かれたデカい本——が呆れた声を出す。

「いくらなんでも無茶だぜ、我が性急なる追っ手、マージョリー・ドー。もーちょっと信じやすく嚙み砕いて言えねえのか」

「……」

「……」

信じられない話に、信じられない現象が、信じやすく言えと。

二人はどう反応していいものやら、さっぱり分からなかった。

「そうやって言っても、理解できるとは限らないでしょうが。だったら、最初から本当のこと説明しとく方が手間も省けるってもんよ」

この万年不機嫌美女は、どうやら面倒くさいことが嫌いらしい。

「……」

「……」

佐藤と田中は、戸惑い、というほどにも反応を返せないポカンと抜けた顔で、二人（？）の次の言葉をただ待っている。

そんな二人の様子に、マージョリーは苛立ちを勝手に募らせて、説明を補足する。

「じゃ、も少し詳しく言うわ。人喰いの怪物の正体は、この世の歩いてゆけない隣にある『紅の世界』から来た〝紅世の徒〟の一人、〝屍拾い〟ラミーって奴」

ますます頭がこんがらがった、などと言えば、さっきの警官のようにぶっとばされそうな気がしたので、二人はとりあえず黙って考える。

（……電波系？）

（……にしちゃ、さっきのポリさんとか、この本とか……）

普通、人間は不思議が目の前にあっても、それをすんなり認めることができない。自分の正気を疑うか、目の前にあるものの方こそが間違っていると思う。

しかしこの二人は、自分の正気を疑うような陰性の人格も、目の前にあることを否定できるほどに強い意思力（頑迷さとも言う）も持っていない。もちろん、不思議をありのままに受け入れられるほど突き抜けてもいない。

つまり、お気楽な人間であるところの二人は、第四の選択肢を取った。

態度保留、である。

不思議についての解釈と納得を急がず、成り行きに任せてしまおう、というわけだった。深刻っぽい物事の詮索より、条件付きでも美女との同行である。二人は正直者でもあった。

「え、と……それで、具体的になにすりゃいいんですか？」

「まさか、その怪物と戦え、ってんじゃや？」

マージョリーは、ハッ、と笑い飛ばした。

「馬鹿。んなこと、誰が頼むもんですか。〝徒〟をブチ殺すのは、フレイムヘイズである私とマルコシアスの役目よ」

なんだか見かけと裏腹に、中身はかなり獰猛……もとい、激しい人らしい、と二人は思う。

思いつつ、

「ふれいむ？」

と佐藤が、また出た理解不能な単語を訊き返した。

今度はマージョリーの代わりに、その横の席に置かれた本が答える。

「俺たちみたく、〝紅世の徒〟をブチ殺す奴のことさ、ヒッヒ」

なにがおかしいのか、甲高い笑い声をあげながら、その本・マルコシアスは続ける。

「んーで、俺たちが今追ってるラミーって野郎、雑魚のくせに気配隠すのだけはうまくてよ。こんなトーチだらけで、他の〝徒〟がいるかもしれねえ街に入られちまったもんだから、とりあえずここを調べるための案内人、つまりおめえたちが要るってわけだ」

「とおちだらけ？」

今度は田中が訊く。

「あー、もー」

マージョリーは、せっかく整っている髪をガリガリと掻きむしった。本当のことを説明するなどと言っておきながら、どう説明するかについては深く考えていなかったらしい。

激しい上に、いい加減……もとい、おおらかな人らしい、と二人はそれぞれ不機嫌美女の分析ページに項目を付け加える。

「私、やっぱパス。マルコシアス、頼むわ」

その分析どおりにか、マージョリーはあっさり前言を撤回した。

「あぁん？　そりゃ責任放棄ってもんだぜ、我が」

バン、と本に手が叩きつけられて、声が途切れる。

「お黙り。道々で説明、よろしく」

マージョリーは相棒に反論の余地を与えない。立ち上がって二人に言う。

「とりあえず、この街の大まかな構造を実地に教えて。それから、最近起こった変な事件や噂話なんかがある場所を回るわよ」

どうやら拒否は、端から選択肢に含まれていないらしい。

しかし、まずそれよりも、と佐藤はマージョリーを呼び止める。

「あ、マージョリーさん」

「なによ」

「えー、あのー」

彼が指差した先、立ったマージョリーの傍らに、紅茶を運んできたウエイトレスが困惑顔で佇んでいた。

「……」

眼鏡越しに、その罪なきウエイトレスを睨んだマージョリーは、無言でトレイからカップを取り上げる。そして、湯気の上がっている熱湯寸前の中身を、まるで出陣前の乾杯の如く、いきなり全部、咽喉に流し込んだ。平然とした顔でカップをトレイに返すと、変に身近な不思議を披露されて固まる佐藤と田中に、

「ほら、なにしてんの」

と顎で促す。

「は？」

「へ？」

二人は驚くウエイトレスとも目線を合わせてから、顎で指されたものを見る。

熱湯寸前の紅茶が満たされたカップ二つ。

「もう行くんだから、早く」

二人は舌を火傷した。

2　歩みは全て激突へ

その日の御崎高校一年二組の授業は、誰にとっても苦行となった。

平井ゆかりことシャナが、身を縮めさせるような圧迫感を教室中に放出していたためだ。

「血液の中で練られていたチヌ第一物質が……」

クラスメートは皆、無害な強者だったはずの彼女……彼らが密かに言うところの『用心棒の先生』による、このご乱行に閉口していた。

本来の彼女も決して愛想のいい方ではなかったが、それでもその無愛想さは、誰にも媚びないという態度……いわば爽快さに通じるものであって、こんな、無闇な重圧をもたらす類のものではなかった(教師にとっては必ずしもそうとは言い切れないが)。

「脂肪分によって分解され、タイロミンとデジタミンに分かれ……」

この大荒れの原因が、坂井悠二とのケンカにあることは、二人の間に漂う空気から容易に察することができる。が、だからといって、事情を聞き出したり、ましてや関係修復に乗り出したりすることなど、彼女を知る者には不可能だった。誰だって、自分を爆心地にする起爆スイッチなど押したくはない。

二人のケンカという予想外の出来事に戸惑い、また今の雰囲気に縮こまってしまっている吉田一美は元より、坂井悠二の友人にして誰もが頼りにするメガネマン池速人でさえ、そのあまりな険悪さに近付くのを憚っているのだから、他のクラスメートに手出しができないのは当然のことだった。

結局彼らは、息が詰まり腹の締まる、この責め苦にも似たとばっちりに耐えるしかなかった。

「デターミンはリンパ液に結合して、カチルダ酸とノバ粘液とサルマドンと……」

教える側も、今教壇に立っている生物教師始め、彼女にやり込められて無視するようになった者、対決のため猛勉強してきた者、この日ばかりは全員が態度を同じくした。できるだけ彼女を刺激しないように、声を小さく身動きも少なく、淡々と授業を行う。

「この際、ノバ粘液は体温によって分解され消滅するが、その残滓がカチルダ酸に……」

生物教師の、内緒話のようなボソボソ声を聞き逃す心配はなかった。教室内は、互いの瞬きの音さえ感じられるほどに静まり返っていた。

「核カチルダ酸とサルマドンによって生成されたカッサノ蛋白質により……」

そんな教室の雰囲気を完全に無視して、シャナと悠二は、ただ黙って座っている。

不機嫌美女マージョリー・ドーと、その脇に下げられたブックホルダーに収まるマルコシアスは、案内人である佐藤啓作と田中栄太を引き連れて、街中の主な場所を数時間かけて練り歩いた。

その間、マルコシアスによって、この世に起きている『本当のこと』の解説が行われていた。

「人喰いっつったって、別に骨や肉をバリバリ噛み砕いてるわけじゃねえ」

まとめた画板ほどもあるドでかい本が、得々と語る。

この本は〝グリモア〟という、マージョリーの身の内にあって彼女に力を与える〝蹂躙の爪牙〟マルコシアスの意思を表出させる神器なのだという。もちろん、説明されたところで理解できるような話ではないが。

「〝存在の力〟ってえ、この世に存在するための、大元のエネルギーみてえなもんを吸い取ってんだよ」

「はあ」

と佐藤。もう、本と話すことへの違和感はなくなっていた。慣れたのである。

「〝紅世〟から渡り来た〝徒〟は、そうやって得た〝存在の力〟を使って、この世に存在したり、〝自在〟に物事を操ったりするってえ仕組みさ」

「へえ」

と田中。不思議の理屈は、聞いたところでやっぱり不思議の一つでしかない。

「でも、この世に本来いねえ奴らがいて、本来あるべき者を消したり、起こるわけねえことを起こしたりしてたら、いつか世界が妙な感じに歪んじまう。だから、それを防ぐために、俺みてえな力の強い〝徒〟である〝王〟がこっちの人間の中に入って、この世を荒らす〝徒〟をブチ殺すことになった」

佐藤が頷いた。

「ははあ、それがフレイムヘイズ……で、トーチってのは？」

「〝徒〟が喰った人間の残り滓だ。いなくなった人間がいるように見せかけて、フレイムヘイズの追跡を誤魔化す道具さ」

田中が、とんでもないことに思い当たった。

「ん？　それが御崎にあるってことは……ここにはとっくに〝徒〟がいた……？」

「そーいうこと。今もいるかも知れねえ。だから、おめえたちと調べて回ってるんだよ、ヒッヒッヒッヒ！」

ヒッヒッヒじゃないだろ、とは思いつつも、二人の心中には案外、動揺はなかった。まだ危機感に襲われるほど、物事への実感を持てていないのだった。

これが例えば坂井悠二の場合だと、いきなり最初から自分自身が既にトーチで、本人はもう死んでいると知らされるなど、どうしようもない状況へと突き落とされている。

しかしこの二人の場合、目の前で非日常を振り撒くものは、今のところ、強引な美女と喋る本、それだけである。何より、彼らは非日常をこの世に表す象徴・トーチを見ることができなかった。

　それに、マージョリーが不思議の存在である自分のことを隠さない……つまり、それが当然のように振舞っていることも影響している。彼女は、街中でマルコシアスが喋るのを隠そうとさえしなかった。訝しむ者があれば、

「ああ、ケータイよ、ケータイ、気にしないで」

　と言い訳にもならないことを言って、手を振るだけ。しかしそれだけで大半の者は、なんだ、と納得して自分の世界に戻っていった。僅かに疑問を持った者も、マージョリーのあまりに平然とした態度を見る内に興味を失った。日々忙しく立ち働く存在である彼らは、一瞬の疑問を突き詰める欲求を持てるほど暇ではないのだった。

「人ってのは、例え実際に見たことでも、常識から外れていれば、それを常識で理解できるよう加工して納得するものなの。多少の不思議は放っとけば消えるのよ」

　とマージョリーが言ったように、不思議というものは、それを相手が認め解説してくれない限りは、常識の壁の中に埋もれてしまうものらしかった。

「あんたたちのことにしたって、私たちのやることは人間には証明不可能だから、秘密を守れとか強制したり、口を封じたりする必要もないわけ。証明できなきゃ信じられない、信じられないことはないのと同じ、言い張れば狂人扱いされる、それが世間のオチなのよ」

そんなわけで佐藤と田中は、初っ端から〝燐子〟に喰われそうになったり〝徒〟の標的にされたりした悠二と比べ、(悠二が気の毒になるほど)物理的にも精神的にも気楽に、非日常へと足を踏み入れることができたのだった。

実際、マージョリーに対しても佐藤は、

「今のところ、俺たち自身がどうこうされるって恐さもないですしね」

と半ば諦めた表情で苦笑し、田中も、

「要するに姐さんは、俺たちに悪さする奴らをぶっちめようってんでしょ?」

といつの間にか呼ぶようになった妙な尊称を口にしながら、肩をすくめるなどしている。

二人とも、拒絶も否定も懊悩も見せない。

そのあまりにお気楽な様子に、

(今時の子は、不思議にビビらないっていうか、ほんと、イージースタンスねえ……それとも、こいつらが特別に能天気なだけかしら)

とわずかに呆れるマージョリーだが、実のところ、彼女の方もあまり無駄に深く考えないお気楽な性格なので、どっこいどっこいではあった。

(ま、使いやすいんなら、なんでもいいわ)

そうして彼女は、御崎市の地理を大方頭に叩き込むと、いよいよ本題として二人に、この街で最近起こった異変について問い質した。

歩き詰めて疲労困憊の体の二人は顔を見合わせて、

「俺たちでも知ってる大事件って言えば……」

「ま、アレしかねえだろ」

と即答、とある事件の現場へとマージョリーを案内した。

そこは繁華街のすぐ奥にある、ビルの解体工事現場。人通りも少ない路地を塞いで張られたブルーシートの向こうから、大きな掘削機械が覗き、エンジンの唸りと建材の圧砕音が重く響いている。

一週間ほど前の午後四時過ぎ、この繁華街の奥にあるビルの裏手で、突如謎の大爆発が起きた。その爆発によってビルは半ば倒壊、死傷者も三十人余りを出したという、御崎市政始まって以来の、まさに大惨事だった。その原因は未だに判明していない。

これだけの大事件だ、絶対に何かあるに違いない、マージョリーの役に立てる、と二人は早くも開花した子分根性を疲れた体の内に弾ませて案内したが、しかし現場を見た彼女には、大して興味をそそられた様子もなかった。

シートの継ぎ目を軽くめくって、眼鏡越しに気のない視線を中の解体現場へと向ける。

「壊すだけってのは他の手段でいくらでもできるし、〝紅世の徒〟は大概、自分の暴れた後を修復するのよね」

その後ろから中を覗きつつ、田中が訊く。

「姐さんみたいな、フレイムヘイズに見つかるから？」

「そうよ。よほどの変わり者でもない限り、〝徒〟は、ただ壊したり暴れたりなんて……ん？」

言いかけて、マージョリーはふと気付いた。

「もし、ここにいたのが〝徒〟だけじゃなかったら……これ、他のフレイムヘイズと戦った跡なのかも……マルコシアス」

ああ、と〝グリモア〟から返答が来る。

「言われてみりゃ、薄く気配は感じるな。ラミーの野郎は気配消していやがるだろうから、同業者か、別の獲物だ」

その声に不意に喜びの色が混じる。

「っにしても、これがもし戦いの跡だとしたら、まーまーのぶっ壊し具合だな。修復の手間も惜しむような乱戦だったわけか……俺たちと気が合いそうだぜ、ッヒヒ！」

まるで爆撃跡のようなビル崩壊の有様を前に、マルコシアスの笑い声が甲高くあがる。

自分たちの街で、自分たち認識の及ばない場所で、こんな結果を生む戦いが繰り広げられていた……佐藤と田中は『本当のこと』の恐ろしさの一端を垣間見た気がした。戦慄というほどではないが、ようやく事態への真剣味が湧いてくる。二人して、思わず唾を飲んでいた。

マージョリーはそんな二人には構わず、マルコシアスに訊く。

「そいつの場所は特定できない？」

「難しいな。そいつが自在法を使うなり目一杯人を喰うなり、なんか派手な動きすりゃ一発なんだが」

「あーもー、気持ち悪いわねえ！」

マージョリーは、またも髪をガシガシ掻きむしる。

「いーじゃねーか、いーじゃねーか。誰だろうと、邪魔すりゃブチ殺すだけさ」

「そりゃそうだけど」

言い合うマージョリーらに、佐藤が怪訝な顔をして訊く。

「……フレイムヘイズ同士でも、戦うんですか？」

マージョリーは平然と答えた。

「邪魔されりゃね」

それより、と話題を戻す。

「ケーサク、エータ、もしこの街が戦場だったのなら、他にもおかしなことが起きてるはずよ。なにか覚えはないの」

「え、と……他には……依田デパの空騒ぎくらいかな」

佐藤は田中に話を振る。

「ん～？　ああ、あのイタ電騒ぎか。ありゃ関係ねえだろ」

「なんのこと？」

マージョリーは田中を睨む。

「笑い話ですよ？」

「いいから」

彼女は、他人が勝手に判断することを好まない。なににつけ判断は自分で行う、その材料を提供するのが他人、これが彼女の思考原則だった。

剣幕に押されて、田中は言う。

「この爆破事件があった夜、ピリピリしてた警察に、依田デパートって廃ビルの屋上でまた爆発した、ってイタ電が入ったんですよ。んで、警察が真に受けて総員出動したら、なんにもなしで大恥かいた、って……」

「それだわ」

マージョリーは、いきなり断定した。きょとんとする二人に苛立った口調で言う。

「さっきも言ったでしょ。〝徒〟にせよフレイムヘイズにせよ、戦った後に私たちはその場所を元通りに修復するのが普通なの」

「あ」

二人は声をそろえた。

「なにかあったはずなのに、なにもなかった……それこそが、私たちが不思議を行った証でしょうが！　案内して！」

「ああ、それなら」

「もう見えてますよ、姐さん」

二人が振り仰いだ先、路地裏の狭い空からも、それは見えた。

御崎大橋の袂に建つ、市街で一番高いビル。

旧依田デパート。

そこはかつて、この御崎市全域を巻き込む大異変を目論み、シャナと悠二によって討ち滅ぼされた〝紅世の王〟……〝狩人〟フリアグネの策源地だった場所。

午前中だけで坂井悠二は、

「なんとかしてくれ」

に類する言葉を五度聞かされた。その中には生徒だけでなく、彼がシャナと一緒にひどい目に遭わせた体育教師まで含まれていた、というあたりに事態の深刻さがうかがえる。

ともあれ、悠二の返答は決まっていた。

「僕は彼女のお守りじゃない」

ほとんど意地になってそう言い張った結果、クラスメートの間において『平井ゆかりの不機嫌の原因は、坂井悠二とのケンカである』ということが公式見解として確定された。

それを小耳にはさんだ悠二は顔を顰める。

(勝手言ってるよ……ケンカだって? 僕がどうやってシャナと……)

悠二は自分とシャナの関係を、彼女が自分にぶつける、そんな一方通行なものだと思い込んでいた。シャナという強大な存在、坂井悠二という小っぽけな存在、それら、どうしようもない実感から思い込もうとしていた。彼が、母・千草の『シャナをいじめる』という言葉を全く理解できなかったのは、このためだった。

シャナ、〝天壌の劫火〟アラストールのフレイムヘイズ、神通無比の大太刀『贄殿遮那』を振るう『炎髪灼眼の討ち手』、無敵、圧倒的、絶対的、強くて、強くて、強くて……

悠二は、シャナを偶像視していた。


ガタン、と椅子をわざと大きく鳴らして、そのシャナが立ち上がった。

昼休みの教室が静まり返った。恐る恐る動いていたクラスメートたちも、その場で身動きを止める。

悠二は変わらず、自分の机を見つめたまま。

唇を引き結んだシャナは、その場に棒立ちに立って、
ただ一秒、待った。

「……」

「……」

そして、無情の時を過ごしたことを思い知ると、鞄をつかんで足早に教室から出て行った。

その小さな体で行く先に立ち尽くすクラスメートたちを押しのけ、曲がり角の机を薙ぎ倒し、引き戸のガラスを砕きかねない勢いで閉め、まさに嵐のように。

その閉められた引き戸の衝撃が鼓膜から薄れる頃になってようやく、悠二を除く全員が肩から力を抜いて、椅子に机に体重を預けた。教室に、虚脱にも似たため息が満ちる。

悠二は、このため息の中に、自分に何らかの行動を期待する空気が混じっていることを薄々感じる。感じながら、しかし無視する。現に、望まれているだろうことをするだけの強い気持ちは湧き上がってこない。

やがて、極限の緊張の末もたらされた弛緩が、いつも以上の騒がしさとなって教室を埋め始めた。みな、あえて二人の話題には触れない。

そんな中、ノロノロと鞄を探って、ふと、

(おにぎり、買うの忘れた……)

と今日の登校時の出来事を思い出し、また沈みこむ悠二に、

「今日は人数も半分だな」

と池速人が声をかけた。

結局、佐藤啓作と田中栄太は揃って欠席したので、今日は寄せる机も一つで済む。

「そだな」

気のない返事をする悠二の前に、小さな弁当箱が置かれた。

「ど……どうぞ」

吉田一美が、いつも以上に控えめな声で言った。

彼女からの弁当は、まだ習慣というほどに馴染んでいなかったので、悠二は驚き、素直に礼を言った。弱い声で。

「ありがとう、吉田さん。助かるよ」

「い、いえ、こっちが勝手に、してるんです」

吉田は真っ赤になって、その対面に座る。

その間に席を取りつつ、池が続ける。彼は律義で、機を見るに敏でもあった。

「もう一つ、渡す物あるだろ、吉田さん」

「あっ！　あ、い、池君、でも、今日は……」

吉田は、ごにょごにょと語尾をすぼめ、うつむいてしまう。

なんのことか分からない悠二に、池が再び言う。

「え～と、なんだっけ、駅の向こう側に新しく、でかいビル建ってただろ。あそこで美術展が開かれるから観に行きませんか、って……だよね？」

確認すると、吉田はほとんど泣きそうな顔を、ほんの少しだけ頷かせた。

いじめてるんじゃないんだけどなあ、と池は苦笑して、自分のホカ弁を開く。

「要するにデートだよ、デート。今日は授業もあと一つだけだし、行って来いよ」

吉田はとうとう顔を両手で覆ってしまったが、こうでもしないと百年話が進まない。彼女のためのショック療法だ、とこの出来過ぎな少年は割り切っていた。

「……おまえは仲人か？」

ぐじぐじと、らしくもない険悪な声で言う悠二に、池は涼しい顔でさっさと切り返す。

「そんなもんだ。どうせ今日は暇なんだろ？」

悠二には、暗に池が平井ゆかりを追いかけなかったことを責めているように思えた。それに反発するように、答えが口を突いて出た。

「…………か」

「え？」

吉田は、最初その声の意味を理解できなかった。

悠二がもう一度、自分自身に確かめるように言う。

「行こうか、吉田さん」

「つええっ⁉」

吉田は、緊張以外でも死ねる精神状態があることを、初めて知った。

漆黒の闇で満たされた空間。

そこを不意に、
ズドガン、と重い打撃が襲い、群青の光が四角く穿たれた。打撃に弾け跳んだ闇は、鉄扉と千切れた鎖の姿を取って床を重く打ち、埃を舞い上げる。

その群青の光の中に浮かぶのは、三つの人影。

「うっぷ……」

右に立つ佐藤啓作は、もうもうと上がる埃に思わず、手で口元を隠した。

真中、鉄扉を一撃で蹴り潰したマージョリー・ドーはパンプスを履いた脚を下ろして、魅惑の脚線を再びスーツドレスの内に隠す。

左に立って、それを名残惜しげに横目で追う田中栄太が言う。

「姐さん、爆発が目撃されたのは屋上ですよ」

「んなこたぁ、分かってるわよ。ここがちょっと臭ったの。あんたたちも、なにか変な物がないか探しなさい」

うるさそうにマージョリーは答え、暗闇へと音高く踏み込む。

外は昼近くになっているはずだが、この閉鎖された依田デパートの上層フロアは、時が流れるのを拒否しているかのように、広く深い闇を己が内に溜めている。

その闇を群青色の光が炙り、追い払う。光はマージョリーが小脇に下げたドでかい本〝グリモア〟の閉じた羊皮紙の隙間から、炎の形で漏れ出ていた。

佐藤は、その灯りを頼りに進む。埃の幕が薄く視界にかぶって、なんとも気分が悪い。

「こんな状態で探せって言われても……」

「だいたい、変なものってなんなんです？」

田中も、灯りに取り残されないように続く。広いデパートのフロアは、柱が疎らに立っている以外はなにも見えない、平面の天地に挟まれた闇の世界だった。

「分かんないから探してんのよ」

もっともなような、そうでないようなマージョリーの返答に、マルコシアスが〝グリモア〟を揺すってゲタゲタと笑った。

それでも彼女らは入ってすぐ、前方の闇の中に堆く積もるなにかを見出すことができた。

「……なにかしら？　マルコシアス」

「あいあいよー」

マージョリーの求めに応じて、その小脇の〝グリモア〟から漏れ出ていた群青の炎が一雫、ぽたりと落ちた。それは床面に付く前にひょろりと舞い上がり、前に向かう。

怪談に出てくる人魂のような炎の雫は、前方のなにかの上にたどり着くと突然、光量を増した。天井に巨大な電球が一つ点ったかのように、全てが照らし出される。

その眩しさに目を細めた佐藤は、やがて瞳に結ばれた光景に素っ頓狂な叫びをあげた。

「……なんだ、こりゃ？」

「元デパートだから……か？」

田中も呆れた声を出す。

警戒の末、現れたそのなにかは、フロアの体積半分は占めていそうなほどに広がる、玩具の山だった。


シャナはただ歩く。

（……）

その歩調は速い。

なのに、なぜこんなに足が重い。

（おいしくない）

圧迫感は、人込みに穴を開けるほどに強力になっている。

なのに、なぜ人を邪魔に思う。

（おかしい）

使命への欲求は燃え滾るほどに熱い。
なのに、なぜ前を向けない。
(前と、味が違う)
以前に厳選した銘柄だった。
なのに、なぜこんなに、
(おいしくない)
事実は、簡単なのだ。
悠二が、やる気をなくした。
悠二が、自分を拒んだ。
悠二が、一緒に来てくれなかった。
それだけなのに。
悠二、
悠二、
悠二、
なぜ、
自分はこんなに、悠二のことに。
(全然、おいしくない)

シャナはただ、鬱々と歩き続ける。

メロンパンを仇のように噛み千切りながら。


「姐さ～ん！　これおわっ!?」

ガシャグシャ、と音を立てて、田中が玩具の山の頂から転がり落ちた。

「あぁ？　なによ」

遠くから、マージョリーの相変わらず不機嫌そうな声が飛んでくる。この不機嫌は、自分の探索が邪魔されたからか、とだんだん彼女の性格に慣れてきた田中は思う。

フロアを埋め尽くす玩具の山の上から、佐藤が顔を出す。

「お～い大丈夫か、田中……おおっ!?」

佐藤が眺めた先、田中が落ち込んだ窪みに、フロアの数分の一はあろうかという大きさの箱庭があった。一目で見渡せないほど、疎らな主柱の間をギリギリに占めて広がっている。

「……これ、御崎市だよな？」

この、群青の光に照らされた広大な箱庭は、驚くべき精巧さで御崎市の全域を擬していた。

素材こそブロックや模型、玩具の部品だが、それらは全体像の再現技術の高さを際立たせる模様でしかない。

「ああ、すごく細かいぞ。街灯も信号も、爆破された路地裏まで作ってある……一体誰が?」

田中は起き上がらずに、低い視点からこの大パノラマを観察する。

今、自分が視線を向けた場所が、市外に出る大通りの端だと一目で分かる。大きさや材料という違いはありながら、既視感さえ覚えた。

その田中の上に影が落ちる。

「ん? ……ぅわお」

目線を上げると、宙に浮いた〝グリモア〟にマージョリーが腰掛けて、箱庭を見下ろしていた。順応性の高い二人は、もうこの程度のことには驚かなくなっている。今、それを下から見上げている田中には、スーツドレスの奥に覗く魅惑の脚線を観察する余裕さえあった。ぅわお、の声は、マージョリーが浮いている不思議への驚愕ではなく、脚線美への感嘆である。

「あっ、おいこら田中! おまえなに見てんうわたたた！」

「ふっふっふ、お手柄のご褒美というやつだ」

ゴロゴロ転がって落ちる佐藤や、ほくそ笑む田中を無視して、マージョリーは箱庭の中央に〝グリモア〟を移動させる。

東の市街地と西の住宅地を割って流れる真名川と、大鉄橋・御崎大橋。その袂に建っているのは、今自分たちがいる旧依田デパート。まさに御崎市の中心。

市街地のビル群の中でも頭一つ高い、その頂に、マージョリーは爪先を立てて舞い降りた。

模型は、雑多な部品をツギハギした見かけからは考えられないほどの強度で彼女を支える。

その彼女の足の下に、なにかがある。

それは箱庭全体に葉脈のように張り巡らされた、力の源。

マージョリーはそれを、こんな箱庭を作ることのできる〝紅世〟の宝具を知っていた。

「これ、『玻璃壇』だわ」

その傍らに浮いたままの〝グリモア〟から、マルコシアスがうめき声を漏らす。

「ああ……たしか、こいつを最後にかっさらったのは……」

周囲を取り囲む、無数の玩具の山。

間違いない。あれは、そういう奴だった。

近代以降では五指に入るだろう、極め付けに厄介な〝紅世の王〟。

歪んだ物欲と愛情で心を満たす、宝具のコレクターにして、狡猾なるフレイムヘイズ殺し。

「――〝狩人〟！　〝狩人〟フリアグネ!!」

マルコシアスが咆えた。

「ツヒヤ、ハハ、ハーッ！　この街、あのフェチ野郎の巣だったんだな!?」

その咆哮に答えるように、マージョリーの髪やスーツドレスの端々を、群青の火の粉がチラチラと飾り始める。浮く〝グリモア〟から漏れ出ていた炎が内に吸い込まれ、勢いよく噴き出し、また吸い込まれ、また噴き出す。まるで猛獣の吐息のようだった。

その群青の明滅を、しかしマージョリーは叩いて打ち切らせた。

「バカマルコ、興奮してんじゃないわよ」

「なんだ、なんだ、蝿追ってて鹿見つけたようなもんだぜ？　久々の〝王〟！　歯応えのある敵！　もっと喜べよ、我がぶっちぎりの牙、マージョリー・ドー!?」

「あの壊れたビルを忘れたの？　〝狩人〟は、この街で戦ったのよ？」

「だからなんだよ？」

狂騒に猛るマルコシアスは気付かない。

マージョリーは興奮に揺れる〝グリモア〟を鷲掴みにして、無理矢理小脇に抱え込んだ。

「分かんないの？　あの変態コレクターが勝って生きてたら、こんなとびっきりの宝具のある場所まですんなり通してくれるわけないでしょーが」

挟まれて暴れていた〝グリモア〟が、ぴたりと止まる。

「ん？　そういや、たしかに……しかし、まさか討滅されたってのか？　あのフレイムヘイズ殺しが？　宝具使いの〝燐子〟『可愛いマリアンヌ』だってついてるはずだぜ？」

「でも今のところ、それ以外に考えられないでしょ。だとすると、さっきあんたが感じた気配は、奴を討滅したフレイムヘイズってことになるわね」

「ケーッ、なんでえ、同業者かよ、つまんねえ」

マルコシアスの消沈ぶりを表すかのように、マージョリーを取り巻いて吹き散っていた群青の火の粉が収まった。

「とりあえずは、最初の予定通りにラミーのクソ野郎を殺ることにしましょ。この『玻璃壇』を見つけただけでも、調査した甲斐があったってもんよ。おかげで、奴を見つけてブチ殺すのも、かなり楽になるわ」

佐藤と田中が大通りを歩いて、彼女の足下にやってきた。

「このミニチュア、そんなに凄い道具なんですか？」

「まあ、たしかに精巧だけどな」

マージョリーは顎に手をやって、少し考える。やがて、出来の悪い生徒に補習を受けさせる教師のような、相手の無知を救ってやる、という顔になって、

「……ふん、そうね、今使ってみるのもいいか。マルコシアス、できるわね」

「ああ、こいつ動かす程度なら、他から〝存在の力〟を持ってこなくても軽いぜ。ご両人、テキトーなトコに登れや」

マルコシアスに言われ、二人はそれぞれ近くのビルの上に登る。

その様子を確かめると、マージョリーは足下、旧依田デパートビルの模型をパンプスで強く、ガン、と踏みつけた。

その中に秘められた宝具『玻璃壇』が力の供給を受け、静かな脈動を開始する。

御崎アトリウム・アーチは、御崎市駅のすぐ裏手にある。

この、ごく最近竣工したばかりの高層ビルは、その名のとおり、内部に全層吹き抜けの半屋外空間を大きく開けている。そして、この吹き抜けの上層部に、同じく名にあるとおりのアーチ（建築用語的にはブリッジだが）、つまり渡り廊下が四本も架けてあった。

この四本のアーチこそが『御崎アトリウム・アーチ美術館』だった。その構造は、通常の美術館での順路を立体的にしたようなもので、展示場を兼ねたアーチを下から上へと練り歩いてゆく。この順路の終着点、つまり登りきった最上階には、レストランや喫茶店などがあり、客の財布の紐を疲労と景観で緩めるという仕組みである。

その入り口である一番下のアーチ、美術館で言うところの第一層の端に、坂井悠二と吉田一美の姿があった。

アーチの入り口には、かえって安っぽくなるだけという装飾の類もなく、『御崎アトリウム・アーチ美術館主宰　ガラス美術工芸展』と書かれた簡素な看板と係員のカウンタだけがある。

二人とも鞄さえ持った学生服のままだが、大人という、主に他人の品行を気にする生き物は、若者がこういう場所に来ているというだけで全てを許す。まだ日が高いということもあってか、係員も特になにを注意するでもなく、二人は簡単に入館することができた。見たところ、混み合っている様子もない。

人込みが好きではない悠二はほっとした。アーチに入り、そして入った者の大半がそうするように、この美術館の構造に感嘆の声を漏らす。

「……へえ、綺麗だな」

階下への採光効率ギリギリの太さを持つアーチは、上半分がガラス張りだった。一階おき、四十五度ずつずらして架けられた上三層のアーチと、さらにその上に張られた強化ガラスの大天蓋が一目で見渡せる。立体に交叉するアーチの構造美と、降り注ぐ陽光の開放感、それぞれが違和感なく空間の中に共存していた。

それを本当に見ているのかどうか、傍らを歩く吉田一美が、

「そ、そうです、きれいです」

と、妙な言葉遣いで答えた。

そんなガチガチに固まっている少女の様子に、悠二は思わず、くすりと笑う。

（なんで僕なんかと一緒で、そこまで緊張するのかな）

と微笑ましく思う間もわずか、平静への揺り戻しがくる。

（こんな僕なんかと一緒で）

本物の坂井悠二の残り滓。たまたま〝ミステス〟として、その内に永久機関『零時迷子』を宿したために存在の消耗から免れ、日々を過ごすことを許されている身。

今さら、そのことを思い煩ったりはしない。そういうものと受け入れて、今を生きている。

ただ時折、今のように不意に平静な気持ちになってしまう。そのことが忌々しかった。

(これだって、僕にとっては初デートなんだ、もう少しドキドキとかワクワクとか、してもよさそうなものなのに)

悠二は十五歳の少年として、もっと出鱈目に、もっと思い切り、感じたかった。

そのことへの悔しさや怒りが、一つの姿を無理矢理に心から押し出した。あるいは、奥に隠した。本来、彼が望むように、ほとんど限界までを感じさせていたはずの、その姿を。

(……楽しもう、そうさ、楽しんでやる)

デートが楽しいのではない、デートを楽しもうと決める、そんな自覚のない不自然な弾みをつけて、悠二は控えめな印象の、しかし十分以上に可愛い少女を促す。

「いこうか、吉田さん」

「はい、い、いこうです」

二人の前に伸びるアーチには、ガラス工芸品の置かれた展示台が、鑑賞者同士が邪魔にならない適度な間隔で配置されている。色も形も様々なガラスたちが、アトリウムの自然な光の中で輝いていた。この美術館の特徴を生かした展示物の選択といえる。

第一層に並べられているのは主にオブジェの類で、透き通った円柱、逆に乳白色をした裸婦像、絡み合う蔦を模した緑のレリーフなど、ガラスのイメージに収まらない様々な色と形の林立である。

ところが悠二には——平均的な高校生としては当然だが——こういう芸術分野の知識が全くない。目の前の工芸品に込められた技術の精粋、その機微を、あるいは感じていたとしても、うまく表現などできなかった。

指先を床に付けて踊る手首を見ても、

「綺麗だな」

中に泡を躍らせる立方体を見ても、

「綺麗だな」

芸がないとはまさにこのことだった。

いざ楽しもうと意気込んでも、こんな場所でなにをどうしたらよいのかが、さっぱり分からないのである。気持ちだけが空回りして、結局なにもできない。

もっとも一緒に見ている吉田の方も、過度の緊張からまともに口が動かず、

「そうですね」

としか答えられないのだから、どっちもどっちではあった。

そんな会話とも言えない会話でお茶を濁しながら、二人はアーチをゆっくりと歩いてゆく。

佐藤と田中は、もう今日何度目になるのか分からない不思議の光景に圧倒されていた。

「うわあ……」

「すげえ」

闇に浮かび上がる箱庭に無数の、半透明の小さな人影が動いていた。

御崎市のミニチュアを形作る『玻璃壇』は、その内に動く人間を映し出す宝具だったのだ。

蠢く人影はみな簡略化された同じ形のもので、道具の類も表示されないようだが、代わりに、取る動きそのものは非常にリアルだった。

「なんつーか、トイレの記号が動いてるみてえだな」

「馬鹿、レディの前だぞ。せめて非常口の、とか言えよ」

田中の緊張感のないボケと佐藤のとんちきなツッコミに、マージョリーは思わずこめかみを指先で押さえてため息をついた。マルコシアスは常の如く愉快気に笑う。

ともかく彼女らの眼下では、トイレのであれ非常口のであれ、単純な形の人影の群れが、それぞれの日常の姿を箱庭に表している。

歩道を行く者、建物に入る者、出てくる者、駅から駆け足する者、手を繋ぐ者、荷物を積み下ろす者、道路の上、座った格好で流れているのは車、かたまって立っているのはバスに乗る者を表しているらしい。目を凝らせば、建物の中まで透かして見ることができた。

この無数の影を彷徨わせるミニチュアの中央、内に『玻璃壇』を秘める依田デパートの頂に立つマージョリーが、まさに異界の女王のようにスーツドレスの身をそびえさせて言う。

「かなり昔、支配って行為に興味を持った〝祭礼の蛇〟っていう〝紅世の王〟がいたの。そいつが自分の作った都『大縛鎖』を見張るため作ったのが、これ」

「天裂き地呑むってぇ化け物だったんだが、都作った途端、フレイムヘイズに袋叩きにされちまって一発昇天よ、ヒヒッ！」

その脇に抱えられたマルコシアスが笑う。

「そのあと、こいつはいろんな奴の手を渡り歩いて、最後にそれを奪いやがったのが」

「〝狩人〟フリ……なんたらって奴ですか」

「でも姐さん、そいつはこの街でなにを見張ってたんです？」

首を捻る佐藤と田中に、マージョリーは一言で答える。

「たぶん、これ」

群青の光跡を残し、手を横一線に振る。その光が消えると同時に、眼下の光景が一変した。

ミニチュア上の人影が全て消え、代わりに疎らな……それでもかなり多くはある灯火が残った。それは幻想的というにはあまりに不気味で悪夢めいた光景だった。

「やっぱり多いわね。こんなにたくさん……これでなんか変なこと企んでて、それを嗅ぎ付けたフレイムヘイズに殺られた、ってとこかしら」

佐藤と田中には、この灯火がなにを意味するのか分からない。ただ、その頼りなげに蠢く光の色には、とてつもなく不吉なものを感じた。

「なんか、気持ち悪……」

「姐さん、これは?」

マージョリーは全く平然と、日常を破壊する答えを口にする。

「説明したでしょう、トーチよ」

「! く、喰われた人……」

「こ、こんなに……っ!?」

呆然とした二人は次の瞬間、我に返って自分を、互いを見た。分からない。自分たちは、そのトーチとかいうものを……自分たちがそれであるかどうかを、判別することができないのだ。

焦りと恐れで目の前が真っ暗になる。

そんな切羽詰った二人の様子を、マージョリーは嘲笑う。

「馬鹿。あんたたちは違うわよ。もしトーチだったりしたら、最初から声なんかかけやしない。でも、これだけ喰われまくってるから、あんたたちの家族や知り合いにはいるかもね」

二人はギョッとなった。自分たちの周りを異常な世界が侵食してゆく……その、得も言われぬ悪寒が総身を走り抜ける。

「そうね、目立たなくて大人しい、いてもいなくても同じような奴とか」

自分の知人に、既に喰われた者がいるかもしれない。今まさに、いなくなろうとしている者がいるかもしれない。悲しめないままに別れ、忘れてしまった者がいたかもしれない。

佐藤啓作と田中栄太は、自分たちがそんな恐ろしい場所に足を踏み入れてしまったことを……いや、世界はもとから恐ろしい場所であり、今それをようやく実感しただけだということを知った。

それは、良いも悪いも関係のない、

ただの、『本当のこと』。

坂井悠二は、楽しんでくれているだろうか。

吉田一美は、それが心配だった。

平井ゆかりとのケンカに付け込むようにデートに誘ってしまった。例えそれが池速人の助力による結果だとしても、事実としてはそういうことになっている。そんな自分と一緒で、彼は楽しんでくれているだろうか。

デートの楽しさは一緒に行く相手次第、という池速人の言葉は（いつもどおり）正しいと思う。今、自分は楽しい。実はかなり背伸びした、分かりもしない美術展などに来ているのに、一緒にいて、一緒に歩いて、一緒に見る、そうすることが楽しかった。

理由も理屈もない。

坂井悠二という少年と一緒に、という全てが、胸が痛くなるほどに楽しいのだ。

だから、なおさら彼が、自分と一緒にいることを楽しんでくれているかどうかが気にかかった。自分だけこんなに楽しいというのは、ずるい気がした。

見たところでは、特に機嫌が悪いわけでもなさそうなのだけれど。

ときどき、笑ってくれる。展示物を見ては、綺麗だな、と言ってくれる。なにか特別なことをしてくれるわけでもないし、どれに対しても全く同じ感想しか言ってくれないけれど、自分の方も似たようなものだから、偉そうなことは言えない。

今、その自分たちが歩いているのは美術館の第二層、古ガラス工芸の展示場で、下と比べてかなり厳重な展示ケースの中に、陶器と区別のつかないくすんだ茶色の壺や、接ぎの入った飴細工のような皿などが置かれている。

現代の均質な製品と違って、あるものは露骨に、あるものは微妙に歪んでいるけれど、それがかえって一つ一つに独特の愛嬌を与えているような気がする。人の手の触れたことの名残を感じる、とでもいうのだろうか。

ふと思う。今、そうやって感じていることを軽く、

「この土色の濁ったところ、発掘されたときにこびりついたんでしょうか」

とか、

「持つところがトゲトゲのグラスなんておかしいですね」

とか口にできれば少しは会話も弾んで、彼の気持ち、その欠片でも知ることができるのでは

ないか、と。

けれど悔しいことに、自分の鈍い体は心についてこない。坂井悠二（さかいゆうじ）と一緒にいる、他（ほか）でもないその楽しさに硬直しきってしまっている。何度もデートして一緒にいることに慣れれば、少しはリラックスして、自然な会話なんかもできるようになるのだろうか。

そんな、考えるだけで逆に体が硬くなるようなことを、それでも目指そうと思う。

そもそも自分が彼にどう思われているのか。彼のタイプは強くて勝ち気な子（小さな、は入らないと思う……たぶん）なのではないか。あの平井（ひらい）ゆかりと対決なんかできるのか。前途が多難だということは、簡単に分かる。

それでも、目指そうと思う。

精一杯、そうなれるよう頑張ろうと思う。

……でも、今の段階では、本当にどうしようもないことに、

「綺麗だな」

「そうですね」

の会話が精一杯なのだった。

もちろん、それだけでも楽しくはあるのだけれど。

吉田一美が微笑んでいる。

悠二はそのことに、安堵に似た喜びを感じていた。

美術館の第三層、現代工芸の展示場（と案内用のプレートに書いてあった）を静かに、しかし少し足を弾ませて歩いている。

第二層の、まるで博物館のようだった厳重さとは違う、かなりオープンな展示スペースに置かれたガラス工芸品を見ては目を輝かせている。

冷水のような透徹さを持つグラスの色合いにため息をつき、明確な意思と巧みさに満ちたレース文様を載せる壺の技術に驚く……そんな感情の起伏が、控えめな仕草の端々に覗いている。

そして時折、柔らかで優しげな笑顔をこっちに傾ける程度に向けて、またすぐに、それがいけないことだったかのように急いで逸らす。

そんな彼女の様子を見ていると、なんだかこっちまで恥ずかしくなってくる。

（本当、違うもんだな）

彼女に答えるように、力の抜けた笑みが自然とこぼれる。

自分に好意を抱いてくれているらしい、可愛い少女。

その控えめな、しかし確かな好意の表れに、むずかゆいような嬉しさを感じる。その嬉しさのお返しとして、なにか気の利いたことでも言って彼女に喜んでもらえればいいのだが、残念ながら、その手のことは全く苦手だった。

（お互い、実用本位ってことか）

今度は苦笑が漏れる。

自分にできるのは、綺麗だと分かってはいても、それ以上のことはさっぱりという美術だか工芸だかのガラスを前に、馬鹿の一つ覚えみたいな感想を繋いでいくだけ。

とはいえ、こういう所に来る機会は滅多にないので、純粋な興味はあるし、誘ってくれたことに感謝もしている。悪いデートじゃない、と素直に思う。

見たことのないものを見るのは楽しい。

それが綺麗なものなら、可愛い女の子と一緒なら、なおさらだ。

（絶対に、見に来ないだろうし）

再び、苦笑。

ふと見れば、吉田一美が、もう何度目だろうか、自分になにか言おうとして挫折している。

なにを話したいのだろう。目の前にあるガラスのことだろうか。それとも、このデート自体のことだろうか。彼女自身のことだったり、自分のことだったりしたら、どんな風に答えればいいんだろうか。実際にはなにも言われていないのに、なんだか困ってしまう。

せめて、自分も楽しんでいることを分かってもらいたいのだが。

（こんなこと、あの子が相手なら絶対に考えないよな、はは……っ）

心から笑いかけるその気持ちと、

目の前の蒼い大杯越しに見つけたそれ、
二つが重なって唐突に、
(!?)
愕然となった。
(あの子だって?)
夢が覚めるように、楽しさが霧散する。
とんでもない違和感が襲ってきた。
さっきから、自分はなにを考えているんだろうか。
(いったい、誰と違うっていうんだ?)
もちろん、シャナと。
(お互いって、誰とのことを言ってるんだ?)
もちろん、シャナとのこと。
(見に来ないって、誰が?)
もちろん、シャナが。
(あの子?)
考えるまでもない。当たり前に、その姿は心にあった。
シャナ。

自分が見つけたそれ。

目には見えない灯を胸の奥に点した、人として暮らし消えてゆく代替物……トーチ。

それが棲む、外れた世界に立つ少女……シャナ。

シャナ、
シャナ、
シャナ、
自分はシャナのことばかりを。

ずっと想っていたのか。

その姿を、追い出して、隠して、見ないようにしていた。そのはずだった。

なのに、ずっと想っていた。

なぜ。

あんな気の抜けた鍛錬に付き合わせてしまった、あんな言葉を口にしてしまった、あんな黙殺するような態度を取ってしまった……それら負い目のような、マイナスの気持ちからか。

それとも。

（……ならなぜ、あんな言葉を吐いたりしたんだ……あんな言葉を吐かせた僕の胸の奥は、どうなってるんだ、あのときの力は、いったいどこに行ってしまったんだ……）

彼女は、馬鹿な自分を見限ってしまったろうか。

恐い。

彼女は、馬鹿な自分を見捨てて、どこかに去ってしまうかもしれない。

恐い。

(なら、追いかければよかったんだ、一緒に行けばよかったんだ……以前の僕なら、間違いなくそうしていたはずなのに……なぜ!?)

そんな、暗く沈む悠二の目を、蒼く透き通った大杯に反射した陽光が鋭く刺した。

(……今の、ぐちゃぐちゃに濁った僕と正反対だな……)

目の前、人の背丈ほどもある大杯に映りこんだ今度の笑いは、苦い自嘲だった。

その蒼の彼方に、図らずも自分をうちのめしたものがいる。

今にも消えそうなほどに弱々しく揺らぐ灯。

老人の団体客の一人。緩やかに目尻の下がった、温和そうな老婦人のトーチ。

実は、見つけた、という表現は正しくなかった。ずっと見て、感じていた。ただ、もうそれがいる光景に慣れ切ってしまって、なんとも思わなくなっていたのだ。

その、静かに微笑む老婦人の、乗り越え、積み重ねてきた数十年の歳月を感じさせるたたずまい。しかし彼女は、もうすぐその全てを存在ごと失ってしまう。破滅というも生ぬるい終局。

それを想像し考えていても、鈍い痛み、重い悲しみ、全ては遠かった。感じてはいるが、それで動じたりすることはなくなっていた。

今やこの、トーチのある外れた世界こそが、自分にとっての日常になっていたのだ。
シャナの、フレイムへイズの、"紅世の徒"のいる、この世界こそが。
(――――?)
と、不意な違和感があった。
さっきまでいた老婦人のトーチの姿が、団体客の中にない。
いや、掻き消えた。唐突に。
燃え尽きて存在を失うには、まだ早すぎるはずだった。
(……どういうことだ?)
老人たちがゆるりとした歩調で出てゆく、第三層アーチの出口。
第四層に上るエスカレーター。
その傍らの休憩所に、
(!!)
座っている。
細身の、クラシックなスーツを着た老人が。
その姿を取っている"紅世の徒"が。

俄かに緊迫の度合いを深めた箱庭の中、佐藤が重い口を開く。

「……これを見張ってれば、〝屍拾い〟ラミーがどこにいるか分かるんですね」

群青の炎を吐息のように吹いて、マルコシアスが答える。

「大体はそうなんだがよ……見つけなきゃなんねえのは、そこそこに弱いトーチが突然消える決定的瞬間ってやつだ。それをこのデカい模型と、こんだけあるトーチの中から見つけるなんてな、聖書の誤字を探すようなもんだ。とりあえず、自在法で範囲を絞りこまねえとな。あいつ、すぐ居場所を変えやがるし」

「じざいほー？」

「〝存在の力〟を繰って使う、『好き勝手に起こす不思議』だよ」

「魔法、みたいな？」

「ま、そんなもんだ」

街をうろついているという人喰いへの恐れを声にこめて、田中も訊く。

「それで姐さん、そのラミーって、どんな奴なんです？」

マージョリーは獲物への不快感を、鼻を鳴らすことで示す。

「ふん、気色の悪い、なに考えてんだか分かんない奴よ。他の〝徒〟が作ったトーチを拾い集めて、こそこそと〝存在の力〟を溜め込んでる。自分自身もトーチの中に寄生させて、最低限の〝存在の力〟しか使わない。おかげで気配が薄いったら！」

どういうつもりか知らないが、さっきのトーチはこいつがなにかしたために消えたに違いなかった。シャナたちが感じた気配の正体は、こいつなのか。しかし、

(な、なぜ、気付かなかったんだ⁉)

こんなに、それこそ実際に目に入れるまで〝紅世の徒〟の存在を察知できないとは思いもしなかった。油断していたのだろうか。フリアグネとの戦いのときには、その世界の違和感が近付いてくる感触を、あれほど確かに感じたのに。

シャナに訊けば、この理由が分かったかもしれない。

アラストールに訊けば、こいつがどんな〝徒〟か分かったかもしれない。

でも、今はなにも分からない。なにもできない。

悠二は胸の中で苦く、自分の弱さを噛み締めた。彼は〝ミステス〟という、宝具を内に秘めた特別なトーチだったが、その宝具『零時迷子』は、戦いには全く向いていないのだ。

(これでいったい何度目だ？　悔しい……なんてちっぽけなんだ！)

「……坂井君？」

吉田が、急に立ち止まった悠二を怪訝な顔で見る。

「……」

悠二には、それに答えられるだけの余裕がない。

そんな怒りと焦りに揺れる悠二の視界の中、いつの間にか〝徒〟は立ち上がっていた。

クラシックなスーツをまとった、棒のような痩身。手にはステッキがある。硬く尖った容貌、伸びた背筋と合わせて、その全体には老紳士という形容がぴったりくる気品が感じられる。

が、その姿も今の悠二には、猛獣を裏に隠す立て看板としか映らない。

（ここで〝存在の力〟を喰われて……終わるのか）

自分という存在の消滅。

シャナのおかげでしばらくは考えもしなかった可能性。底冷えするような恐怖が、ジワジワと全身に染みこんでくる。しかし悠二はそれさえも押しのけて、必死に打開の道を探す。今消えるとしたら、自分というトーチ一つでは済まないからだ。

（せめて吉田さんだけでも逃がさないと……！）

吉田を手で押して自分の背中に隠し、そのついでに素早く周囲に人がいないか見回す。誰にとって幸いなのか、今このアーチ内には自分たちしかいない。

その巡らせた目が偶然〝徒〟のそれと合った。

緊張の糸に命を乗せた、壮絶な睨み合い……と悠二は思っていたが、傍目には、悠二が涼しい顔をした老紳士を睨みつけているだけである。

吉田はわけが分からず、おろおろと悠二と老紳士を交互に見る。

そのにらみ合いの均衡を破ったのは老紳士の方だった。

「ほう……分かるのか。只者ではないな」

外見を裏切らない、聞く者に歳月の安心をもたらす、渋く枯れた声。

もちろん悠二には、この声も威圧としか受け取れない。"紅世の徒"が芝居がかった挙措を好むことは、フリアグネのときに散々思い知らされている。"徒"には自分がトーチだというのは一目瞭然、"ミステス"であることさえばれてしまうかもしれない。あの、自分の中の宝を狙った"狩人"の、妄執そのもののような視線を思い出して、おぞ気が走る。

ところがこの老紳士は、くい、と顎を上げて、全く予想外のことを言った。

「安心しろ」

尖った容貌が、笑みの方向に折り曲がる。

「まだ君の灯は強いから、摘んだりはしない。世界のバランスが崩れてしまう」

「……?」

まるでフレイムヘイズのようなことを言う。

訝る悠二に、老紳士はさらに予想外のことを言った。

「それより、一緒に歩かないか」

「さてと……マルコシアス！」

「おっ、と」

マージョリーが再び〝グリモア〟を宙に浮かべ、その上に腰を下ろした。

「姐さん、どこへ？」

田中が驚いて訊く。

「さっき、マルコシアスが言ったでしょ。自在法でラミーのクソ野郎を探すのよ。トーチを使うのも、屋上でないといろいろ都合悪いし」

「トーチを、使う？」

「そーよ」

いちいち説明することに苛々しながら、それでもマージョリーは答える。きちんと理解させないと、こっちの話が通じないこともあるからだ。

「この宝具一個程度ならともかく」

と顎で『玻璃壇』の込められたビルを指す。

「大掛かりな自在法を、私自身が持ってる〝存在の力〟で行うのは疲れるの。他人の力を喰って消費し続ける〝徒〟と違って、私たちフレイムヘイズにとってのそれは、生命力そのものなの。疲れというよりは怪我に似た感じ。一応回復はするけど、無闇に使うと、いざ敵が現れたときに殺られるしかない。だから、できるだけ自前の力は使わないようにする」

ミニチュアに蠢く灯火を見下ろす。

「で、こういうときは周囲にある〝存在の力〟の残り滓であるトーチを使うことにしてるの。この街、馬鹿みたいにたくさんトーチがあるから、ある意味助かるわ」

「でも、そのトーチって……」

佐藤が恐る恐る訊く。

「俺たちにはどれだか区別できないけど、普通に生きてる……人間なんですよね？」

「その残り滓。本人はとっくに死んでるわよ。ただ、その代わりをしてるだけの道具だって言ったでしょ。いちいち気にしてたら、頭おかしくなるわよ」

「は、はあ……」

佐藤も、黙っている田中も、トーチというものについては話として聞いただけで、それが実際にどんなものであるかを、その目で見ていない。本人はもう死んでいる、という決定的な言葉に、しようがない、と妥協させられてしまう。

「それに、使うったって、こんだけの中から五、六個。ラミーのクソ野郎が持ってく数に比べたら微々たるもんよ」

「……」

本当に言いたいのはそういうことではないはずなのだが、実感を持たない事実は他人事として収まってしまいそうになる。押しきる相手に対抗できるほどの力にはならなかった。もっとも、例え実感を持っていようと、マージョリーが聞き入れることなどなさそうに思えるが。

「理解できたわね？　じゃ、私たちは行くわよ」

「お、俺たちは……？」

心細げな様子の佐藤を、マージョリーは言葉ではたく。

「馬鹿。なーにみっともない顔してんの。あんたたちには、ここでやることがあんの。シャキッとなさい」

彼女は手を頭上に差し上げ、その頂で指を鳴らした。

闇に鋭く広がる音に乗って、指先から群青の火花が無数に飛び散った。

フロアの闇を、まるで星空のように飾ること数秒、その華麗さに息を呑む佐藤と田中のちょうど真中でそれは集束し、松明ほどの大きさの炎となる。

「これを通して、私と話ができるわ。私たちが気配感知の自在法を立ち上げたら、改めて指示を出す。場所の見方とか呼び方は分かってるわね？　そのために案内させたんだから、しっかり見てんのよ！」

言い置くと、マージョリーとマルコシアスは飛び去った。

群青の松明と共に箱庭に取り残された二人は、自分たちの足下に広がる外れた世界を眺める。

やがて、佐藤が小声で、割と気にした風に顔を撫でつつ訊く。

「……俺、そんなにカッコ悪い顔してた？」

「さあな」

田中は苦笑と共に答えた。


明かり取りの窓も塞がれた、デパートの階段。

その闇の中、群青の炎を吐き散らしながら、上へ上へと、マージョリーたちは階段を渦巻くように登る。その気分も、まさに上昇気流に乗るように高揚し続けている。

群青の炎をバリバリと上げる〝グリモア〟から、マルコシアスがからかいの声を送る。

「ッヒッヒ！　俺を前にして、よくもまあ、あんな嘘つけるもんだ、我が優しき姫君、マージョリー・ドー！」

眼鏡の奥に視線を隠し、マージョリーは答える。

「なんの話よ？」

「自在法なんざ、あの部屋でもできるだろうが。ラミーのクソ野郎やご同業が嚙み付いてきたときに、あのガキンチョどもを巻き込んじまうからだろ？」

「バカマルコ、話が逆よ」

「あん？」

眼鏡の奥から、殺意の眼光が鋭く走る。

「思いっきり暴れるのに、あいつらは邪魔なのよ」

間を一瞬取ってから、マルコシアスは爆笑した。

「ッ、キアーッハハハハハ！　いーぜえ、いーぜえ、最近じゃ一番の殺し文句だ、我が愛しきフレイムヘイズ、『弔詞の詠み手』マージョリー・ドー！」

「あんがと、我が愛しき〝蹂躙の爪牙〟マルコシアス！」

眉根を寄せつつ笑う、まさに凶暴と呼ぶに相応しい形相のマージョリーは、いつしか〝グリモア〟の上に立っている。足の裏を滑ることもなく着けて、その真下からの推力に乗り進む姿は、まるで人の形をした矢のようだった。

やがて、その行く先にわずかな灯が。

「ノック・ノック!!」

叫び、美麗の矢は突進の先端に人差し指を突き出す。

瞬間、群青の火の粉が巻いて、彼女の指を太く強く、鋭い鉤爪さえ備えた炎の塊へと変える。

その群青の炎でできた爪先が、わずかな灯を階段にあけていた屋上への扉を突き、薄紙のように破った。

二人は真っ二つになった扉を連れて、白昼の空に飛び出す。

「ヒャーッ、ハーッ!!　はーじめるぜぇっ！」

マージョリーの足から〝グリモア〟が離れ、マルコシアスの叫ぶ姿のように羊皮紙のページがバラバラと開いた。

「ケーサク、エータ！」

マージョリーの叫びに、階下の松明を介した答えが返る。

《は、はい！》

《ちゃんと見てます、姐さん！》

「よし！」

マージョリーは右手に開いた〝グリモア〟を取り、その紙面の古文字が群青に輝くのに合わせて、手を直下に振る。

ズバッ、と屋上の古びた石畳に、群青の炎でできた奇怪な紋章が燃え上がった。

〝存在の力〟を繰ることで、この世を意のままに動かす〝自在法〟。この紋章は力の流れの象徴であり、また効果を増幅するための装置でもある〝自在式〟だった。

その自在式の中央に、マージョリーはストレートポニーとスーツドレスをなびかせて着地、常に即興の、いい加減な呪文を唱え始める。

「**マタイマルコルカヨハネ四方配して寝床の夢を破るお化けをこづかれよ**」

その言葉が起こす求めの流れに乗って、自在式が起動した。

紋章の縁から、さんさんと照る陽光の元で薄く、群青の波紋が平面に沿って広がる。その光は遠くなるにつれ薄まり、屋上を越える頃には見えなくなる。しかしそれは確実に、遠く遠くへと広がってゆく。途中にあるトーチを必要な分だけ飲み込み、消し去りながら。

　この世の違和感にぶつかり、不協和音を響かせるために。


　もう何個目とも知れないメロンパンを噛み千切っていた口が、初めて声を紡ぐ。

「アラストール」

　胸元のペンダント〝コキュートス〟にかける声だけは、静かだった。

　繁華街の人込みに穴を空けて一人歩いていたシャナは、その全身に巨大な自在法の波が通り過ぎる感触を得た。

　チリチリと、まるで肌が焼け付くほどに力が漲ってくる。

　使命。

　自分の使命に、燃える。

　ペンダントからアラストールが答える。

「広範囲を探る自在法か。自在師だな、用心しろ」

「うん、行くわ」

「うむ」

　何気なく脇道に逸れた。

周囲に人の気配がないのを確認するや、食べかけのメロンパンとスーパーの袋、鞄を無造作に放り捨てて、跳ぶ。

電柱の頂を蹴り、屋根を越え、自在法の広がりと逆方向、つまりその震源へと向かう。

その跳躍の中、行く先を初めて目に入れたシャナは、
半秒、心臓の凍る思いをした。

(――なんてっ!)

凄まじい、まさに燃えるような怒りが、風切る体に黒衣をまとわせる。

(――ところにっ!)

次の一蹴りの内に、殺伐の銀に輝く大太刀『贄殿遮那』が握られている。

(――いるのよっ!!)

行く先を刺す瞳が灼熱の煌きを点し、後に流す髪が火の粉を引きながら炎の彩りを得る。

(――討滅!　討滅する!!)

シャナは自分の、異常な憤激の意味を自覚していない。

3　邂逅明暗

御崎アトリウム・アーチ美術館、最後のアーチである第四層を、老紳士が先導する。

坂井悠二は、〝紅世の徒〟であるその老紳士を刺激しないよう、表面上は素直にその求めに従って後に続く。

最初こそ二人の会話を不審に思っていた吉田一美も、今は老紳士の解説に聞き入っている。

「起源には、諸説あるらしい」

この第四層に展示物は置かれていない。広いアーチの両脇は、一直線の長椅子がそれぞれ据え付けられているだけである。下の階層では上半分がガラス張りだった壁も、黒い遮光板で覆われている。

そこを進む三人は、しかし明かりの下にあった。

「定義にもよるが、この形式のものは、十字軍が戦利品としてガラスをヨーロッパに持ち込んで以降、九世紀辺りだそうだ」

明かりは天井からのものだった。

「綺麗……」

吉田が初めて自分から、息を詰めるような嘆声を漏らした。

「……」

両者の間に入って歩く悠二はもちろん、この異常な状況を楽しんでなどいない。

この〝紅世の徒〟である老紳士がどういう腹積もりなのか、さっぱり分からなかった。危害を加えないと言われたところで、それを無邪気に信じることなど到底できない。

自分程度がなにをしたところで無駄なのは分かっているが、せめて吉田を逃がすことはできないか。自分が〝ミステス〟だと気付いて、中身に興味を持っているのかもしれない。もしそうなら、彼女を逃がすだけの取引はできないか。

などと、危機感と焦燥感に身を焼かれつつ思いを巡らせる悠二だが、それでも吉田の言うとおり、たしかに綺麗なものは綺麗だと思ってもいた。

展示物は置かれていない。

頭上に掲げられていた。

壁と同じく、遮光板で覆われた天井に開けられた箇所。

そこに、光が咲いていた。

陽光をめくるめく幻想の、しかし創作者の意図を明確に示した彩りに変えるそれは、鉛の桟で結合されたガラス片の集合体。

ステンドグラスといった。

「そう、綺麗だ。美とは、見れば皆、素直にそう感じるものだ」

第四層は、ステンドグラスのみを天井に掲げた展示場なのだった。

両脇に据えられた長椅子(いす)は、それをゆるりと眺めるための物だった。直上という展示様式が負荷(ふか)をかけないよう、ステンドグラスの下には極薄の強化ガラスが敷いてあり、また全(すべ)てを一息に見渡せないよう、一つ一つ区切るように、天井には緩(ゆる)やかな仕切りが施してある。

老紳士は、真上にある聖人画らしいステンドグラスを見上げながら言った。

「だが美とは、美しいがために、それだけではいられなくなる。例えばこれなどは、聖書を読めない者にも一目で『神は貴い』と理解させる、視覚的な舞台装置として使われた」

その聖人が投げかける、透明度の低さからくる濃い光の中、吉田が少し悲しそうな顔をした。

老紳士は、まるでそれが見えていたかのように（見えていたのだろう、と悠二は思う）振り向き、同じ光の中、硬い線を曲げて笑った。

「美しいということには価値があり、価値ある物は利用される。そして、利用の必要性から、技法も表現も発達した。良い悪いは一概には言えない。分かるか、お嬢さん」

「は、はい……」

吉田は声に押されつつも、尊敬の念をこめて小さく答える。

「よろしい」

老紳士は頷いて、また先を歩き出した。

天井の仕切りの向こうに、また一つステンドグラスが現れる。展示の様式上、さほどに大きな物は置けないが、それでも光と影の切り絵は、どれも十分に印象の強いものだった。

「だがまた、その価値と利用と必要性が、それゆえに生み出した美を葬ることもある。これはレプリカだが……」

今頭上にあるステンドグラスには、天使が赤ん坊に手を差し伸べる図版が絵付けされている。

「教会に飾られていたこれのオリジナルは、宗教改革の時期に子供の投石で割られてしまった。旧教の象徴と見なされたからだ。新教徒となった人々は、子供を罰しなかった」

吉田は納得した風に頷いた。悠二は、そんな言葉あったな、程度。

「美、それ自体は変わらない。しかし、美を育てたもの、美自体には関係ないものが、美を破壊し、無価値だと断定する……この一枚を取っても、世界の難しさが感じられる」

老紳士は、また歩き出す。

「今の時代は単純でいい。美は美としてのみ、愛することを許されている」

その言葉には、まるで全てを昔から見てきたような実感がこもっていた。

そんなことも〝徒〟ならあるかもしれないな、と思う悠二に、老紳士は背を向けたまま言う。

「君たち若い者には難しい話かもしれないが。まだ、人を愛するだけで精一杯というところか」

「人……」

その言葉に意表を突かれた悠二は、つい、言葉を漏らした。
思わず立ち止まり、ステンドグラスを見上げていた。
眩しい。
眩しい姿。
見上げる、眩しい姿。
一人の少女、痛みさえ覚えさせられるその姿を、それでも悠二は強く思い描いていた。
そして吉田も、
ほんの少しだけ、自分にとってのそれを、傍らの少年を見た。
「――――！」
見て、直感した。してしまった。
ステンドグラスを見上げる少年は、思い描いている。
自分ではない、誰かを。
強く、強く。

気配探知の自在法は、いきなり巨大な不協和音にぶつかった。
「あん？　マルコシアス！」

「でけえ！　なんだ⁉」

怒鳴り声の交換の間にも、その不協和音の源である気配が近付いている。

爆発的な敵意を伴って。

「式、戻せ！」

「わあってるわよ！」

バシン、と右手の〝グリモア〟を閉じ、左手を下に払う。

稼動していた自在式が組み変わり、展開中だった気配察知の波紋が収縮へと転じる。そのついでと、縮む波紋はいくつかのトーチを飲み込み、戦いのための〝存在の力〟を吸収してゆく。

「これ、この街にいた……」

「フレイムヘイズだな？」

《え、なんですって？》

《姐さん？》

「先に、オマケだったフレイムヘイズの方が引っかかっちゃったわ。あんたたち、しばらく待機よ」

「いーねえ、いーねえ、この敵意、ビンビン来るぜ!!」

《で、でも、フレイムヘイズってことは……》

《同士討ちですよ⁉》

「別に珍しいことじゃないわ」

言い合う間に、群青の光の波が平面に沿って戻ってきた。その波が途中で吸収した〝存在の力〟を持って、再び自在式に収まる。

マージョリーは静かに言う。

「封絶」

集められた〝存在の力〟によって、足下の自在式が再び組み変わる。廃ビルの屋上全域を覆うほどに大きな、円形の紋章。そこから湧いた群青の炎が、視界一面を埋めて上へと通り過ぎ、ビル上層部を球状に覆う陽炎の壁が形成される。

その内部を世界の流れから切り離すことで静止させ、また外部から隠蔽する因果孤立空間。

編み出された近世以降、〝紅世の徒〟の存在を、人間の目から完全に隠した自在法。

〝封絶〟の発現だった。

《わっ？》

《あ、姐さんたちが映って……この変なマークはなんです？》

マージョリーは封絶のついでに、階下の二人の前に浮かべた松明を、屋上を映し出す仕掛けに変えた。今、彼らの前には、屋上に立つ彼女と、その床面を占める奇怪な紋章が映し出されているはずだった。

「封絶の自在式。外から中を隠す自在法を起こす紋章よ」

「こいつを張りゃ、いくら暴れても外にいる奴はなにも気付かねえ。中で動けるのは〝徒〟とフレイムヘイズだけ。要するに、俺たちのための決闘場ってことさ、ヒーッハッハー‼」

そしてそこに、決闘の相手が飛び込んできた。

髪に瞳に紅蓮を点し、風切る黒衣を後に引き、鋭い白刃を煌かせて。

さすがの二人が驚いた。

「炎髪……！」

マージョリーは伝聞で、

「灼眼か！」

マルコシアスは同胞として、それが誰のフレイムヘイズなのかを知っていた。

異世界〝紅世〟に威名轟かす魔神、〝天壌の劫火〟アラストール。

そのフレイムヘイズ、『炎髪灼眼の討ち手』。

今は、シャナ、と名乗っている。


「おまえたち、ここでなにしてるの」

屋上に降り立ったシャナは、完全にケンカ腰で話を始めた。

大きく右手を、そこに握られた大太刀『贄殿遮那』を、前に突き出す。少女の身には不釣合いな、身の丈ほどもある刀身が、微塵の揺るぎもなく前を指している。いや、刺している。

常人ならそれだけで気絶しそうなほどに強烈なシャナの眼光を受けて、しかしマージョリーは、きつい美貌にせせら笑いを浮かべて返した。

「はっ、礼儀知らずなガキンチョね。こんにちは、の一言もなし？」

「ヒッヒヒ、おーひさしぶりだな、〝天壌の劫火〟。それが『炎髪灼眼の討ち手』かい？」

傲然と立つ彼女の小脇に下げられた〝グリモア〟から、マルコシアスが群青の炎を吹いて挨拶する。

シャナの胸元のペンダントから、アラストールが重く低く答える。

「〝蹂躙の爪牙〟マルコシアス、それに『弔詞の詠み手』マージョリー・ドー……貴様ら、こんな所まで彷徨い出てきたか」

「ヒャハハッ、そりゃお互い様！」

マルコシアスのキンキン声に、シャナは眉を顰めた。

「アラストール、こいつらなに」

「最悪だ。こいつらに話は通じん。もう戦う気だぞ」

ふん、とマージョリーは小さなフレイムヘイズを嘲笑う。相変わらず眉根を険しく寄せているため、凶相としか映らない。出す声も当然、険悪だった。

「それだけ敵意を振り撒いて来といて、戦わないわけないわよね？」

その笑みを飾るように、ストレートポニーの端から、スーツドレスの縁から、群青の火の粉がチロチロと吹き散り始めている。フレイムヘイズの戦闘準備の姿だった。

「あ、そうそう……いちおう、訊かれたことに答えときましょうか。この街に、あの〝屍拾い〟ラミーが入り込んでるの。私たちが探してたのはそっちで、あんたたちはオマケ」

「そーいうこと、そーいうこと、ここには、あのけったくそ悪いハイエナ野郎を噛み千切りにきたのさ」

群青の火の粉は今や、真昼の吹雪のようにマージョリーの長身を囲んで吹き荒れている。

アラストールは無駄と知りつつ、目の前の戦闘狂たちに言う。

「ラミーだと？　馬鹿な、なぜ奴を討滅する必要がある。奴は世界のバランスに極力気を使う、例外的な〝徒〟だ。奴を追い回せば、むしろ無駄な犠牲と騒動が増すだけだぞ」

突然、マージョリーの嘲笑が消えた。群青の火の粉の勢いが増す。

「例外⁉　〝紅世の徒〟に例外なんかあるもんですか！」

美貌を凶悪に歪め、マージョリーは咆える。

「今はたまたま奴の都合で、他の気に障らないよう動いてるだけでしょうが。いつ溜め込んだ〝存在の力〟を使って災厄を起こすか、わかったもんじゃないわ！」

どす黒くうねる、それは恐るべき憎悪の声だった。

「〝徒〟は全て殺す、殺す、殺して殺して殺して殺して殺し尽くすしかないのよ‼」

それとは対照的な、軽佻浮薄な哄笑が上がる。

「ハ、ハ！　前もって災厄の種を除く、俺たちってば、なーんて模範的なフレイムヘイズ!!」

「他者の憎悪に乗って虚言を弄すな、戦闘狂めが！」

「ホ、言うねえ！」

「……」

シャナは話に加わらず、ただ前を向いて大太刀を差し出している。

最初に見たときから、アラストールが言ったように、こいつらは話のわかる相手じゃない、と確信している。自分を上回る戦意と敵意を初めて感じた。しかもそれは、ほんの一瞬で燃え上がった。

戦闘意欲の塊のような奴らなのだ。

それでもアラストールは説得しようとしている。フレイムヘイズ同士の戦いは、確かに不毛だ。止めたい気持ちも理屈も分かる。が、しかし、シャナはそれを、

（……まどろっこしいな……）

と思っていた。戦いに臨んでは冷静沈着という、普段の彼女にはあり得ないことだった。

つまり今、彼女は常の状態ではなかった。

まるで自分こそが戦いを求める戦闘狂になったように、戦いを欲していた。

自分のこの鬱々とした感情を、誰かに、なにかに、思い切り、ぶつけたかった。

彼女自身がそうあるべきだと決めたフレイムヘイズとして、あるまじきことに。

「あんたたち、あの〝狩人〟もブチ殺したんでしょう？　御手並み拝見と行こうじゃないの」

「ヒアッハア！　ま、別に逃げたかったら逃げてもいいけどよ？　どーだい、嬢ちゃん」

あからさまな挑発だった。

普段のシャナなら、この程度の挑発は軽く流していただろう。

今もやはり、その剣尖は揺るがない。

しかし、一言。

「……アラストール、まだ、戦っちゃだめなの」

「!?」

アラストールが驚愕した。

得たりと二人の戦闘狂は笑う。

「ふうん……話の分かる奴がいるじゃない」

「ああ、腰抜け大魔神の契約者たぁ思えねえな、ッヒヒ！」

「っ!!」

その、誰に対するよりも許せない侮辱を受けたシャナは、弾丸のように飛び出した。

御崎アトリウム・アーチの最上階にある喫茶店、『アクロポール』。
その窓際の席に、悠二と吉田、そして老紳士が、テーブルの一辺ずつを占めて座っていた。
残り一辺をつけた壁でもある強化ガラス越しに、御崎市駅を挟んで反対側にあるバスターミナルと大通り、そこから続く御崎大橋や繁華街などが、普段見ない角度からの新鮮な顔を、彼らに向けている。

喫茶店の内装は黒く燻した木材が主で、近代建築の中にいた無意識の疲れを程好くつろげてくれる。明るすぎない飴色の照明やツヤ消しされた調度品も、たっぷり取られたスペースにバランス良く配してあった。物も人も、密度が低くて心地よい。

悠二と吉田だけで入れば、いかにもな背伸びしたカップル然となっていたろうが、幸い（？）今、彼らは老紳士と一緒だった。『背伸びのカップル』と『お爺さんと孫二人』、外面としてどちらが格好悪いと思うかは人によるだろうが、とりあえず老紳士の風格がカバーしてくれるおかげで、場違い感だけは和らげられていた。

老紳士は、美術館を出た先にあるこのフロアで、彼らをお茶に誘ったのだった。もちろん、支払いは自分持ちであることを明言している。

それでも吉田は、端から見ても気の毒なほどに恐縮していた。老紳士の博識と風格に尊敬のまなざしを向けていながら、あるいは向けているからこそ恐縮してしまっているのが、いかにも彼女らしい。

そんな彼女に、老紳士が手を上げて言う。

「そんなに構えないでくれ。久し振りに若い人と話をして良い気分にさせてもらった、これはそのお礼なのだから」

強圧に似たねぎらいが、少女を凝り固めている無用の遠慮を吹き払ってしまう。

「は、はい……それじゃ、いただきます」

「どうぞおあがり、お嬢さん」

吉田は、置かれたエスプレッソのカップに小さく口をつけた。たぶん無理したのだろう。隠しているつもりでも、苦い、という感想が顔に出ている。

その向かいの席、相手が〝紅世の徒〟ということで半ば開き直っている悠二の方は、老紳士に許可を求めるでもなく、さっさと自分のエスプレッソを飲んだ。虚しい見栄から吉田に合わせたのだが、これが凄まじく濃い。顔に出るのも無理ないな、と吉田に同情する。

(それにしても)

どうしたんだろう、と悠二はその吉田の様子を見て思う。

彼女の顔には、老紳士に対する遠慮や緊張というだけではない、憂いの色があった。沈んでいる、しかしそれを見せないように気を張る、そんな辛さの色。

悠二がそれに気付いたのは美術館を出てからだったが、その理由がさっぱり分からなかった。

(この〝徒〟の話にも、そんな表情をさせるようなところはなかったはずだけど……)

と、その母が言うところの鈍感な少年は、他でもない自分がその原因であることに、全く気付いていない。

左右、そんな二人の様子を眺めていた老紳士は不意に、しかし自然な動作で、トン、とテーブルを人差し指で叩いた。

「失礼、お嬢さん」

「っ!!」

悠二は、その指先に〝存在の力〟の放出を感じた。驚愕と戦慄から、それまでの呑気な悩みも忘れ立ち上がろうとするその彼を、老紳士は手を上げて制した。

「落ち着け。彼女には、少し眠ってもらっただけだ」

見れば確かに、吉田は座ったままの姿勢で目を閉じている。見た目、吐息も穏やかで……なんの危険もなさそうではある。

しかし当然、悠二は緊張を解かない。自分をとうとう始末する気か、と思うだけだった。

「これで、二人の話ができる」

「なんの話だ」

悠二は敬語を使わない。

老紳士も頓着しない。

「まず名乗っておこうか、少年。私は〝屍拾い〟ラミー。君も気付いた通り、〝紅世の徒〟だ」

「……」

〝屍拾い〟などというおどろおどろしい名前に似合わない、清げな老紳士・ラミーは、警戒を解かない悠二に苦笑する。

「君は、礼儀をわきまえていないようだな」

「？」

「私が名乗ったんだ、君も名乗ったらどうだ」

これが、〝紅世の徒〟がトーチに対して取る態度だろうか。悠二は狐につままれたような気持ちだった。そういえば……、

「……危害を加えるつもりなら、最初からやってるか……」

ラミーは答えず、頷く。

今は、自分が答える番なのだ。

「僕は、坂井悠二。トーチで……たぶん、気付いてると思うけど、〝ミステス〟だ」

「だろうな。自分の置かれた状況を自覚して、正気でいられるトーチなどいない。普通に暮らしてもいるようだ。心当たりの宝具は幾つかあるが」

悠二は、相手が冷静な内に、と取引を口に出す。

「……僕の中の宝具が目的なら、せめて吉田さんを」

悠二が言う間に、ラミーはチラリと吉田の方を見た。そして、

「可哀相に」

「！」

（やはり取引などできないのか、ならせめてなにか、どうやって、せめて吉田さんだけでも）

と絶望の中で足掻く悠二を、またラミーが手で制した。

「坂井悠二。頭の巡りが早いのはいいが、早計という言葉もある。軽率さはかえって状況を不利にするぞ。もう一度言う、落ち着け」

「……？」

「私が可哀相に、と言ったのは、全く彼女自身の問題についての話だ。君は分かっていないだろうが」

たしかに、なんのことを言っているのか、悠二にはさっぱり分からない。

「まあ、それは本題ではない。本題は、君の近くにいるはずのフレイムヘイズについてだ」

「そんなことまで知ってるのか」

「前もって気配を感じているし、当然の推測でもある。君の知る真実は、まずフレイムヘイズからしか得る道がないはずだ。とにかく、そのフレイムヘイズに私が無害な存在だと知らせて欲しい」

「無害？　〝紅世の徒〟が？」

驚いた悠二だが、そんな馬鹿な、と言わせてくれないなにかが、老紳士の求めにはこもっていた。

「私は人を喰わない。真名の通り、屍……つまりトーチしか喰わないのだ。それも、君が図らずも見たとおり、かなり弱って消えそうなものだけを。この体も普通の〝徒〟と違って、〝存在の力〟をほとんど消費しないよう、トーチのものを借りている」

「……人には害を及ぼさないから見逃してくれ、っていうのか?」

「そうだ。おそらく君も関係者なのだろうが……この街にはトーチが異常に多い。私としては、滅多にない稼ぎ場所なのだ」

「なんでそんな、まだるっこしいことをするんだ? 〝徒〟なら、他の奴がやってるみたいに、好き勝手に喰って暴れてうろつけばいいじゃないか」

ラミーは少し黙って、自分の答えを整理する。やがて、

「たくさんの、〝存在の力〟が欲しいからだ」

「?」

逆だろう、と思う悠二に、ラミーは言葉を継ぐ。

「私は一つ、莫大な〝存在の力〟を必要とする事業を遂行中だ。しかし、それを真っ正直に、この世の人を喰らうことで集めようとすれば、〝祭礼の蛇〟や〝棺の織手〟のように、どれだけ強大な存在であっても、集まってくるフレイムヘイズたちによって討滅されてしまう」

例えには少し意味不明なところがあったが、それでも悠二は、ラミーの言いたいことが、な

んとなく分かってきた。

「弱まったトーチだけを集めることで、世界のバランスに影響を与えないようにしている？」

「そうだ。無害でさえあれば、フレイムヘイズは普通、討滅に乗り出してこない。器が〝徒〟への復讐を望んでも、それに力を与える〝王〟は、そこまでして同胞を殺そうとは思わないからだ。君を解体して中の、恐らくはかなりの水準にある宝具を取り出さないのも、君の知り合いのフレイムヘイズを刺激しないためだ。少しは安心できたかね」

「……」

なるほど、たしかに筋は通っている。しかし悠二は、その話の前提に気になる箇所を一つ見つけていた。

「あんたがそこまでして、たくさんの〝存在の力〟を集めている事業ってのは、なんなんだ？」

悠二は、フリアグネの『都喰らい』という前例を体験している。でかい計画だの事業だのの企みには、当然警戒心が湧く。

ところがそれに、ラミーは意外過ぎる言葉を、一つだけ返した。

「未練、だ」

「？」

「昔、一人の人間が私のために、たった一つの物を作ってくれた。しかしそれは、私が見る前に壊れ、永久に失われてしまった」

「……」

悠二は、さっきのステンドグラスの下での、老紳士の姿を思い出していた。

あのときは背中しか見えなかったが、恐らく今と同じ顔をしていたのだろう。

寂しさと悔恨を刻み、深い切なさに満ちた顔。

「私は、彼が贈ろうとしてくれた物を、この目で見たい。この手で触れたい。確かめたいのだ」

「そんなことが？」

「できる。年月を経て、そのための自在式も編み上げた。ただし、この世で完全に存在を無くした遺失物を復元するのだ。当然、式の起動には莫大な〝存在の力〟が必要になる」

「トーチで集めるって……どの程度なんだ、その、普通に喰うのと……比べて」

躊躇いがちに訊く悠二に、ラミーは簡単に答えた。

「感覚としては、千分の一、万分の一というところだな」

「千、万……！」

悠二は一瞬、この〝紅世の徒〟に尊敬の念を抱いてしまった。

「だから、この街のようにトーチの多い場所は、私にとっては宝具などよりよほど貴重な宝の山だ。この世への影響が出ない程度に、しかしできるだけトーチが欲しい」

「……」

「もっとも、長居するつもりはない。厄介な奴らに追いかけられている身でもある」

「厄介な奴ら？」

「フレイムヘイズだ。とある場所で出くわして以来、しつこく付きまとわれている。普通のフレイムヘイズなら、私のような世界のバランスに影響のない雑魚は放っておくのだが」

アラストールとシャナなら、無害な〝徒〟を放っておくこともありそうな話だ、と悠二は思う。どうやら、この〝徒〟を討滅せずに済みそうだ、と安堵している自分を、悠二は感じていた。しかし、

「そいつらは特別、〝徒〟を討滅することに執着している戦闘狂なのだ」

と続いたラミーの言葉に、今度は嫌な予感を覚える。

今朝、シャナが感じたという気配。それはもしかすると、自分も感じることができなかった、このラミーではなく……『厄介な奴ら』？　『戦闘狂』？　『フレイムヘイズ』!?

そしてラミーは言った。

「現に今、君の知り合いと戦っている」

突進するシャナの眼前で、吹き荒れていた群青の火の粉が突如、マージョリーに集束した。

「！」

彼女を包みこんだ炎の塊は、耳をピンと立て、目鼻を黒く穿った、一つの意外な姿を取る。

それは、まるで立てたクッションのように不細工な、ずん胴の獣だった。

その両脇から突然、熊のように太い両腕が伸びた。本体は棒立ちのまま、鞭のように伸びたその両腕は、シャナを挟み潰すように両側から迫る。

「ッ!」

気合と舌打ち一声、シャナは足を床に打って右に飛ぶ。大太刀『贄殿遮那』が、前から迫る獣の左腕を大上段から両断、霧消させ、さらにその振りぬいた勢いで反転、後ろから襲いくる右腕を逆袈裟の一撃で吹き飛ばした。

「前だ!」

アラストールが叫ぶ。

両腕を斬っていたわずかな間に、マージョリーを収めた本体の腹が膨らんでいた。その上にあるのは、一杯に仰け反る、袋のような咽喉元。

「よけろ!」

「くっ!?」

シャナは勘と反射で回避。

「ツバハアッ!」

叫びとも吐息ともつかない声とともに、群青の炎が獣の口から溢れ出した。

かかとを焼くほどの危うさで、シャナはこの炎の津波をかわした。

煙と水蒸気が炎の波に押されて湧き上がり、高熱の通過を受けた石畳がキシキシとうめく。

その黒焦げの道の根元に立つ群青の炎でできた獣は、ずん胴の上部、ちょうどマージョリーの頭があるあたりに一線、パカリと口を広げた。まるで鋸のように鋭い牙を並べ、全体をUの字に曲げる。笑いの形だった。

牙の隙間からは虚空だけが覗き、その内にあるはずのマージョリーの顔は見えない。しかしその奥からは、歴としたマージョリーの声が響く。

「ふふん、なかなか……」

マルコシアスが続ける。

「動きは悪かねえな、ヒッヒ」

その二人に、シャナは身を低くして向き直る。

「アラストール、あれは?」

「彼奴ら〝蹂躙の爪牙〟顕現の証、炎の衣『トーガ』だ。戦闘に長けた恐るべき自在師だ、幻惑されるな。気を引き締めてかかれ」

半ば暴発のようにケンカを売ってしまったことを咎めず、アラストールは言う。

うん、とシャナはわずかに頷き、大太刀の柄を左の懐深くに押し込んだ。

右肩を前に出し、刀身を腰だめに寝かせて体の横に置く、刺突の構え。

対するマージョリーの方は、全くの棒立ち。

そのトーガが形作る獣は、股が地に着くほどの短足で、歩行することさえ疑わしい。いつしか再生されている太い両腕はダラリと下げられ、群青の炎に黒く空く目鼻も間が広い。三角の両耳だけがピンと立っているので、妙な愛嬌さえあった。やたら大きな口と合わせて、その全体は、獰猛な獣というより、出来の悪い着ぐるみのようだった。実際、マージョリーが着ているわけではあるが。

「さあて、お次は……」

ノロノロとマージョリーが言い、

「これだぁ!!」

マルコシアスが叫ぶ。

太く長い両腕が振られ、その指先から無数の炎弾を打ち出す。

「——っは!」

シャナは石畳に紅蓮の波紋を残し、正面に跳ぶ。

踏み切りと同時に突き出す剣尖が、その刺突の伸びる動きとともに、自分の進路を阻む炎弾だけを貫き散らしてゆく。その動きの終着点は、炎の弾幕の向こうに棒立ちする、獣の体。

大太刀、一跳び一瞬の一撃が、獣の腹を深々と貫いていた。

「んっ!?」

「オオッ!」

マージョリーの驚愕とマルコシアスの嘆声の上がる間も惜しむように、

「はあっ！」

どんな法も術も干渉できない、必殺の大太刀『贄殿遮那』が、刺突の穴からトーガを一気に吹き飛ばした。

「!?」

が、吹き飛んだ、その中は空。

「あっははは！　ハズレー！」

「つ〜ぎは当たるかな？　ッヒヤッヒヤ！」

シャナは声の上がった後ろを警戒しつつ足を返す。

そして構えた大太刀の先に、思いもよらない光景を見た。

今打ち出された炎弾の数だけ、トーガの獣が屋上に立っていた。

その全員が声を重ね、牙だらけの口で笑う。

「さあさ、鬼さんこちら！」

「イーッヒヒヒ！」

一斉に囃し立て、短い足でぴょんぴょん跳ねる。

ジョークとも悪夢ともつかない眺めの中、それらは突然、高く跳んだ。

シャナは見て取る。目立たない物陰に、一匹だけ跳んでいない獣がいる。

「それか！」

無数の獣が浮遊する下を、再びシャナは疾走する。神速の二歩、三歩の動作に斬撃が乗り、三秒と経たず横薙ぎにそれを一刀両断する。

が、

「ハ・ズ・レ！」

二つに千切れ飛んだ獣が、マージョリーの声で嘲笑い、

「おまけぇ！」

マルコシアスの叫びで爆発した。

「う、ぐっ!!」

シャナは反射的に黒衣の裾を壁のようにかざし、この衝撃を受け止める。吹き飛ばされ、転んだ先は、宙に浮く獣たちの、ちょうど真下。

獣の群れが、爆音に混ぜて一斉に歌う。

「キツネの嫁入り天気雨、っは！」

「この三秒でお陀仏よ、っと！」

歌の切りと共に、獣の群れは炎の豪雨へと変じ、直下のシャナへと降り注ぐ。

「うわっ⁉」

「つすげえ！」

玩具の山の中央、『玻璃壇』の箱庭で、佐藤と田中が歓声を上げていた。

二人の間に浮かぶ、松明が変形した盤に、屋上の戦況が映し出されている。その群青の炎による映像は今、炎の豪雨による攻撃が屋上に突き刺さり、爆発する様を映し出していた。

これほど凄まじい爆発が屋上で起こっているにもかかわらず、大して階層が違わないはずのこの場所にも、振動は全く伝わってこない。マージョリーたちが説明してくれた、中の動きを外に漏らさない自在法〝封絶〟の効果か、と二人はフレイムヘイズによる戦いの恐ろしさを、体感なき体感で思い知る。

声は、マージョリーとマルコシアスのものしか入ってこない。

映像は、人相が分かるほどに鮮明ではない。

彼らは、マージョリーが誰と戦っているかを知らない。

屋上に群青の炎が膨れ上がり、弾ける。

炎を降らせた後も孤影を宙に残していた本物のトーガ、マージョリーの本体を、

「っと⁉」

「ツヒュ！」

大太刀の剣尖がかすった。

シャナが、彼女らの眼前まで跳んでいた。

爆発を一斉に受ける床の上に留まらず、自ら豪雨の中に飛び上がり突き抜けることで、受ける攻撃を最少限に押さえたのだった。飛び上がる途中にも数撃喰らってはいるが、床の上にいるよりも、そのダメージははるかに少なかった。

しかし、その千載一遇の戦機において振るわれた一撃、今までとらえて、決して外したことのなかったそれを、シャナは、

（外した!?）

その頭上から、

「っこの!!」

「くっそガキがぁ!!」

長く伸びたトーガの両手を組んだ、巨岩も一撃で砕く打撃が叩きつけられた。

「つぐあ、うっ!!」

シャナは残り火くすぶる屋上に激突した。

石畳が吹き飛び、床のコンクリが火の粉を撒いて砕ける。

「戦ってる、って……あんたを追ってきたのはフレイムヘイズなんだろ!?」

悠二は思わず叫び、立ち上がっていた。

客が少なかったため、特に人目をそばだてることはなかったが、それでもラミーは悠二に座るよう促した。

「フレイムヘイズ同士の戦いは特段、珍しいことではない」

「なんだって?」

座りかけた悠二は、また驚いた。

「君たち、人と同じだ。怨恨や方針の違い、行き違いから気分まで、〝徒〟を交えずとも争う理由はたくさんある」

「そんな……今、どうなってる?」

「さて。私が感じたのは、封絶が発生したことと、そこにとんでもない敵意の塊が飛び込んだことだけだ。中のことは、君も知っているだろう、知る術はない」

「……」

「まあ、心配せずともいい。どちらかが痛い目を見れば終わり、というのがこの手の戦いの相場だから、まず命を落とすことはないはずだ。あの二人が相手だから、君の知り合いには気の毒だが……」

悠二は、皆まで言わせなかった。

「大丈夫だよ」

その声は確信さえ通り越した、信奉。

「なに？」

「シャナは絶対に、大丈夫なんだ」

すとん、と腰を勢いなく椅子に落とす。

シャナ、〝天壌の劫火〟アラストールのフレイムヘイズ、神通無比の大太刀『贄殿遮那』を振るう『炎髪灼眼の討ち手』、無敵、圧倒的、絶対的、強くて、強くて、強くて、強くて……

そのシャナは、自分が同行を拒んだ後も、やはり変わらず、どこかで戦っている。

勝手だと分かってはいるが、それでも悠二は寂しく、悔しかった。

そんな悠二の様子を訝しく思いつつも、ラミーは自分の疑問を口にする。

「シャ・ナ……聞いたことのない名だ」

「名前がないって言うから、僕がつけたんだ」

「名前がない？　変わったフレイムヘイズだな。誰の契約者だ」

悠二には、ラミーの言う意味は分からなかったが、質問に答えることはできた。自分が見上げた巨大な炎、異世界の魔神の名を、少し得意気に口にする。

「〝天壌の劫火〟アラストール」

ラミーは、悠二の予想以上の驚きを示した。

「なに!? では、フレイムヘイズは『炎髪灼眼の討ち手』か!」

これほど驚かれるとは思っていなかった悠二は、逆にうろたえてしまった。

「あ、ああ……」

「なるほど、君の自信ももっともだ……そうか、まさか〝天壌の劫火〟がいるとはな」

悠二は、一人頷いて納得するラミーに訊いてみる。

「知り合いなのか」

「そのようなものだ。ふむ、そういうことなら、結果についての心配は要るまい。私も案外ついている。『炎髪灼眼の討ち手』の庇護下でトーチを摘むことができるとは」

自分の知らない繋がりを感じて、悠二は意味のない疎外感を抱いた。

ラミーはもう、安心そのものと言った顔をしている。

「では、坂井悠二、〝天壌の劫火〟と『炎髪灼眼の討ち手』に間違いなく伝えてくれ。私が、しばらくこの街に……、……?」

ラミーは言葉を切った。

悠二が自分の求めを聞いた途端、さっきとは打って変わった心細げな表情になったためである。

表情どおりの弱い声で言う。

「……たぶん、伝えるよ。愛想をつかされてなければ、また会うこともあるだろうし」

「なに？　どういうことだ。普通、フレイムヘイズは〝ミステス〟を放ったまま、どこかに行ったりなどしないものだが」

「……」

理屈で問われても、感情には答える術がなかった。

朝日の中に立つ、強さそのもののような姿を思う内に、また倦怠感が襲ってくる。

自分の全てが張りを失う。

「……もう、帰ってこないかも。でも、しようがないんだ。僕は彼女の力になれない、なんの役にも立てない、したくても、その気持ちがもう、ないんだ」

「彼女？　討ち手は女か」

悠二は無言の肯定で返した。

（……女？）

ラミーは、その悠二の態度に気付くものがあった。

（「シャナは絶対に、大丈夫なんだ」）

そう言い切った、しかし信頼の温かみのない、まるで冷たい事実を告げるような表情。

（「僕がつけた」）

わずかに誇りが覗いた表情。

（「愛想をつかされてなければ」）

そこに滲んだ諦めや疲れ、悲しさや苦しさ。

これらの感情の表すものが、なんなのか。

（……やれやれ……）

その筋の悩みを抱えていることは、美術館内で見かけたときに薄々勘付いていたが、まさか、い、い、い、
そういうことだったとは。いよいよもって、同席の眠り姫が可哀相になってくる。

少年……それに恐らく、討ち手の少女。

この未熟な生き物たちは、いつの世も変わらない。

「それを確かめたのか」

「……えっ？」

ラミーがテーブルの上で指を組んで、悠二を見ていた。見かけ以上の、歳月を経た深さを満たして、老紳士は再び訊く。

「例えば、そう……もっとも野暮な確かめ方だが……君は実際に言葉で、そのシャナ嬢に、自分は役立たずか、と訊いてみたのか」

「そ、そんな」

格好悪いこと……と悠二は言えず、口ごもる。

ラミーは手を開き、パン、と軽く叩いた。

「いやはや、大した朴念仁だ！　相手に確かめもせず一人合点とは！」

「……」

「その気持ちがもうない？　確かめもせず、自分は駄目だ、というじけた心で、ただ相手を拒んだだけではないのか？」

いきなりの図星。思わず悠二は声を張り上げた。

「――っでも！　シャナが、あのシャナが、感じるわけが……僕なんかの、ことで……」

声は、言葉の情けなさにどんどん尻すぼみになる。

ラミーはその悠二の、フレイムヘイズという存在に対する、あまりにガチガチに固まった畏敬の姿にため息をついた。

（やれやれ、〝天壌の劫火〟め……ようやく得た契約者に保護者意識でも湧いて、この少年に教えなかったな……？）

「一応、言っておこうか。我々〝紅世の徒〟は、なぜここにいると思う」

「えっ？」

「君たちの科学で証明されているように、宇宙は広いな？」

悠二はいきなりの、わけの分からない話題に面食らった。

ラミーは答えを期待せず、話を進める。

「そんな無数に星がある『この世』で、なぜ我々はこの地球に現れた？　なぜ我々の世界〝紅世〟は歩いてゆけない、しかし隣なのか？」

「……」

「それは、我々と同じだからだ。存在の有様が違うだけで、我々と変わることのないモノを、その内に持っているからだ。それゆえに、我々は君たちの〝存在の力〟を得ることができるし、ここで何かを成したいと欲する者も出てくる……何が言いたいか、分かるか?」

「……彼女を特別視するな、ってこと……?」

「ふ、頭は悪くないようだ……そう、その通り。〝紅世の徒〟でさえ、そうなのだ。元よりこの世の人間であるフレイムヘイズだけが、特別な、触れ得ぬ強さなど持っているものか」

悠二はそれでも、自分の前にそびえる少女の姿を感じている。

「……でも、実際に、彼女は強いんだ」

だが、その最後の根性なしの反撃は、あっさり打ち破られる。

「君よりは、な。だが、それだけのことだ」

「――――!!」

悠二の胸に、一瞬だけ不条理な怒りが吹き上がり、
そして、静まった。

ため息を鳴らすように、悠二は小さな声を出す。

「……ええ、と」

「なんだ」

「なんていうか、その…………ぁ」

「ありがとう、などと青いことを言ってくれるなよ、坂井悠二」

ラミーはあっさり悠二の言葉を先取りして、軽く笑う。

「他人の利他行為を買い被るな。私は自分の身を守るために、私の追手に対抗できる者に加担しているに過ぎないのだから」

言うと彼は、ようやく自分の前に置かれたカップを取った。すっかり冷めて不味くなっているだろうに、顔には出さない。

（顔には出さない）

悠二は、ふと思ったその言葉が、どこかでなにかに繋がったのを感じた。

シャナの表情、その内側の気持ち。

それを自分はちゃんと思いやったことがあったろうか。

強い彼女が動じるわけがない、と傲慢にも決め付けていたのではないか。

彼女が自分に拒まれたときに見せた表情に、だから自分は戸惑い、驚いたのではないか。

自分は彼女のことを、全く分かっていなかったのではないか。

自分から、分かろうとする努力を放棄していたのではないか。

その理由は、まさに自分の……

（……くそっ！　僕は、なんて弱くて、ちっぽけなんだ……）

悠二の体の芯に、後ろ向きでは決してない自己嫌悪の念が溢れた。

その思いを表情に見て取ったラミーは、満足げな笑みをカップの陰に隠した。恐らく、熱くても不味かったろうその中身を飲み干すと、カップを皿の上に戻して言う。

「……さて、話は終わりだ。そろそろ、眠り姫を起こすぞ」

「あっ」

悠二は慌ててそれを遮った。

「なんだ」

「……なんでそんなに、なんでも……お見通しなんだ?」

ラミーは、今度は苦笑と嘲笑を等分に混ぜた。

「ふん、そういうことをいちいち訊くから、青いというのだ」

答えを与えず、吉田を起こすためにテーブルを指で一打ちする。


「ぐ、う……」

シャナは崩落寸前の瓦礫の中から身を起こした。

大太刀を杖のように突いてもたれかかる。手に入れて以来、初めての使い道だった。

「……」

その胸元に揺れるペンダントの中、アラストールは、シャナの戦いぶりのあまりな変調に密かに驚いていた。

いつもの彼女の戦い方は、無鉄砲に飛び込むように見えて、その実、常に次の動きを体の中に練っているというものだった。外せばそれに切り替え、切り替えたものが合わなければ、また次に変わる。この途切れることのない攻撃動作の連続こそが、彼女の強さだった。

それが、今の彼女は完全に逆だった。一つ目の攻撃の次を全く考えていない。

一撃、それだけは強力に見えても、後が続かない。まるで転ぶことを考えずに突っかかる子供のようだった。マージョリーとマルコシアスのように、攻撃をいなすことが得意な敵に対するには、まさに最悪の戦い方だった。

大太刀の運びや身動き、その一つ一つは的確だが、それは所詮、咄嗟の反射と勘の産物に過ぎない。戦闘そのものの流れが頭にない。相手に主導権を与え続けているのもそのためで、そして一番悪いことに、本人がそのことに気付いていない。

そこまで分かっていて、しかしアラストールはなにも言わなかった。

戦う相手であるマージョリーたちも、そんなシャナの不甲斐なさを同様に感じているらしい。

「あんた、本当にあの『炎髪灼眼の討ち手』？　本当にあの〝狩人〟をブチ殺したの？」

「ちいっと弱すぎんぜ。それとも、〝狩人〟が噂ほどでもなかったのか、ヒャッハ！」

トーガの獣の口元から、不機嫌そうなマージョリーの顔だけがポコリと現れた。ますます着ぐるみめいて見えるが、光景自体ははなはだ物騒である。

群青色をした陽炎の壁に囲まれた空間の中、太い両腕をまるで翼のように不自然に大きく広げて立つ、ずん胴の獣。その周囲にも、群青の火の玉がいくつも浮かんでいる。

「も、あんたいいわ。これ以上邪魔しないってんなら、あと一撃で見逃したげる」

「そだな。あんま楽しめねえし、でけえの一発でシメにすっか」

言い終わると、返事も待たずマージョリーは顔を引っ込める。再び獣の口が牙を剝き出して笑い、周囲の火の玉が火勢を上げた。

やがて、破壊を呼ぶ即興の呪文が、見えないマージョリーの唇から流れ出る。

「**月火水木金土日、誕婚病葬、生き急ぎ**」

曜日の声に合わせて、火の玉が七本の剣の形へと変わる。

(なに……？)

シャナの意識は、衝突のショックで混濁していた。

なにかできることはないのか。なにもできることはないのか。なにもできないのか。

声を求めていた。声を欲していた。

以前、ここでそう思ったとき、答えてくれた声を。

「**ソロモン・グランディ**」

獣の腹が再び、一杯に膨れる。

それに虚ろな目をやったシャナは、唐突に覚める。

（そこは……）

今、獣が立っている場所。

そこは、フリアグネとの戦いの後で、倒れた少年の手を握った場所。

「はい」

ほとんど無意識に、その場所から獣を追い払おうと前に飛び出しかけたシャナ、その周囲に、身動きを許さない檻のような七本の剣が突き立った。

（そこに）

自分に笑いかけてくれた少年がいた場所。

他の誰にも触られたくない、大切な場所。

「それまで、よ!!」

剣の檻に捕えられたシャナに向かって、獣の口から吐き出された炎の怒涛が押し寄せる。

（そこに、立つな!!）

目の前に『贄殿遮那』をかざしていたのは、単なる反射。

それが炎の怒涛を一瞬斬り裂き、しかし込められるべき力を得られずに、敗れた。

高熱に肌を焼かれ、黒衣を裂かれ、炎髪を焦がし、
そして、

灼眼を瞑って、
シャナは放り出された。
屋上から。
前の戦いで、フリアグネによって落とされた場所から。
胸を撃たれ、それでも笑って落ちた場所から。
今は、叫びさえ上げられない。
皮肉と言うには、あまりにひどすぎた。
彼女は封絶を抜けて、とどめのように真名川に落ちた。
川面は燃え上がらなかった。

老紳士とは、御崎アトリウム・アーチの玄関ホールで別れた。

何度もお礼を言う吉田に、老紳士こと〝屍拾い〟ラミーは、やはり軽く穏やかに返した。

悠二も一瞬、ありがとう、と言おうとして、止めた。ラミーの固い線で作られた顔を見て少し考え、結局一言、

「ごちそうさま」

と言った。

ラミーはその、多くのものを込めて贈られた言葉に微苦笑して、

「なに、お節介だ」

とだけ答えた。このとき、彼は今まさに、自分の望まない形で決着がついたらしいことを感じていたが、それを悠二には言わなかった。お節介が図らずも生きるらしい、微苦笑にはその意味もあったのだが、さすがに悠二にはそこまでの洞察力はない。

やがてラミーは二人に見送られつつ、ホテルとなっている中層階へのエレベーターに姿を消した。

本当に泊まっているんだろうか、などとどうでもいいことを考えながら、悠二は吉田と共に外へ出た。

空はいつしか、夕に迫っていた。

ビル外構の庭園に朱が差し込んで、時の寂寥を否応なく感じさせる。その庭園の向こう、道路一つ隔てた駅前では、帰宅ラッシュが始まっていた。

遠く見える、そのトーチを混ぜた雑踏と夕焼けが、悠二に一人の少女のことを思わせる。

（まだ今も、戦ってるのかな）

シャナの強さへの過信は、まだ心に根を張っているが（現に今も、悠二は彼女の勝敗を全く問題視していない）、それでもなにか、吹っ切れたような清々しさがあった。なにもせず鬱々としていた自分の後ろ向きな気持ちが、嘘のように消えていた。

（……謝ろう……そうだ、僕が悪いのは分かりきったことなんだ、せめて謝って……）

「あの、坂井君」

不意に声をかけられて、悠二は思い切り動転した。

「あっ、な、なに？」

夕焼けの中、吉田が微笑んで、悠二を見ていた。憂いは少し薄れて、代わりに一緒に過ごす時への惜しさが滲んでいる。が、それでも彼女は言った。

「今日は……ここで、いいです」

「え、でも帰り道は、もう少し一緒だけど」

「ううん、寄り道、したい所があるから……」

「そう……――っ！」

唐突に、悠二は感じた。それが嘘だと。

そしてもう一つ。自分が思っていること、それが彼女の憂いの理由だとしたら。

（だとしたら、僕は本当の馬鹿だ）

そんな悠二の心中を察したのか、吉田はまた笑って言った。

「きょ、今日は、どうも、ありがとう。私、楽しかったです。本当ですよ！」

誓うように胸に手を当てて言ってくれる。

しかしだからこそ、悠二は辛かった。

誰だって、こんないい子を、こんな目に遭わせていいはずがなかった。

「……うん、こっちこそ、ありがとう」

悠二は結局そんな、変な答えを返していた。今の自分に返せるのは、そんな程度だった。自分が笑っているのが分かった。どんな笑顔なのかは分からないが、さぞかし情けないものだろう、とは思う。

そんな顔を見て、それでもやはり、吉田は笑い返してくれた。そして、その笑いに一言付け加える。

「で、でも」

「？」

「また、誘いますから！」

その言葉は、戦闘続行の宣言だった。

「そ、それじゃ、また明日！　さようなら！」

自分の意気込みに照れたのか、吉田は慌ててお辞儀をすると、駅の方へと小走りに走っていった。一度も振り返らないまま雑踏の中に混じり、見えなくなる。

庭園に一人、取り残された悠二は、深くため息をついた。

（……本当に、どうしようもなくちっぽけだな、僕は……）

いつか、こんな自分を、どうにかできるようになるのだろうか。

「あ〜、修復とかで結構疲れたから、今日はもう止め！　また明日にするわ」

マージョリーは、玩具の山に戻ってくるなりそう言った。

「え、姐さん、明日も……ってことは」

田中が横を見た。

佐藤が目を合わせる。

「俺たちも一緒、なんですよ……ね？」

やはりというか、非日常はバカンス程度で過ぎてくれそうにないらしい。

「とーぜんでしょ、なに言ってんのよ」

「ヒヒヒッ、ま、観念するこったぜ、ご両人。我が多情の花、マージョリー・ドーは、一旦男を捕まえたら、飽きるまで離しゃしねえからブッ」

脇のブックホルダーに収まった〝グリモア〟を、叩いて黙らせる。

「お黙り。さて、今日のねぐらを探しに行こうかしら」

「酒のある所か？　あんな液体流し込むだけで、よくもまあ気分良くなれるもんだ」

「あんたがぶっ壊す感触を好きなのと同じよ」

「ヒュ、今日は冴えてるな、我が玄妙なる詩人、マージョリー・ドー！」

その会話をよそに、佐藤は田中を肘で小突いた。

「な、おい」

田中も小声で答える。

「いや、俺はいいけど、おまえが」

「いいって。俺も別に、どうせ誰も構やうわっ!?」

二人の前に、眉を寄せたマージョリーが顔を寄せていた。

「私の前でヒソヒソ話は厳禁。言いたいことはちゃっちゃと言って、言えないことなら黙りなさい……で、なに?」

きをつけの姿勢で、佐藤は言う。

「あの、いろいろと便利なねぐらがあるんですけど」

「どこよ」

「……俺ん家、です」

マージョリーはその妙な提案に首を傾げ、数秒考えてから言う。

「酒、あるんでしょうね?」

4　夜に想う

夕焼けは、いつもあの日のことを坂井悠二の脳裏に蘇らせる。

外れた世界に踏み込んだ日……などと言えば聞こえはいいが、実際は〝紅世の徒〟の下僕である怪物〝燐子〟に喰われそうになったところを、シャナに助けられた日だ。

彼女との出会いは、今でも鮮明に思い出せる。

屹立する、あまりに力強く、格好良い背中。

それからいろいろあったようで、実は十日ほどしか経っていない。

たったそれだけの日数で、彼女のことを分かった気でいた、その自分の傲慢に、悠二はどうしようもない恥ずかしさを覚えていた。最初の四日、〝狩人〟フリアグネとの戦いでの、彼女と過ごした経験があまりに強烈過ぎて、そんな錯覚を抱いていたのだ。

それはスタート地点に過ぎなかったのに。

夕焼けの心細さが、その自責に一瞬、負の方向への拍車をかける。

（……帰ってきて、くれるかな……）

彼女が、こんな馬鹿な自分に愛想を尽かして、なにも言わずにどこかへ行ってしまったらどうしよう……悠二はその何度目かの、なによりも恐ろしい想像を慌てて打ち消した。

改めて、さっきの決意を強く心に持ち直す。

(どんな答えを返されても、謝って、そして訊こう、しっかりと)

やがて、暮れる日が家々の屋根に隠れる頃、悠二は自宅へと帰り着いた。

ドアに手をかけ、ただいま、と言いかけたそのとき、

「悠二」

思いもよらない声が、彼を呼び止めた。

いったいどこからだろう、と思って、まず上を見た。

「？ ……アラストール？」

「庭だ」

「庭？ ……あ、か、帰ってきてくれたのか、シャナ！」

ようやくその事実に思い至って、喜びの叫びをあげる。

「なんの話だ？」

訝しげに答えるのは、やはりシャナではなくアラストール。

しかし悠二には、どっちでも良かった。アラストールがいるということは、シャナもいるということなのだから。

「シャナ！　………？」

狭い庭に駆け込み、探すこと数秒。

塀際の茂みの中に、シャナはいた。

全く、予想外の姿で。

「……？」

髪をぐしゃぐしゃにし、頬を煤で汚し、服をボロボロにして、小さく、小さく、しゃがみこんでいた。

まるで、負けたかのような姿で。

シャナが、負けたかのような姿で。

「シャナ！　いったいどうしたんだ!?」

「うるさい！」

駆け寄ろうとした悠二は突然、シャナに大声で怒鳴られて、その場に立ちすくんだ。

「……シャナ？」

シャナが立ち上がっていた。

「うるさいうるさいうるさい！　なにが、どうした、よ!!」

ボロボロの体を必死に支えて、灼眼ではない、しかし燃えるような強い感情を込めた瞳で悠二を睨みつけていた。

「おまえのせいなのよ！　おまえのせいで、もう、私、全部、無茶苦茶なんだから!!」

「戦ってるときも！　戦ってるのに！　おまえのせいで!!」

「――――!!」

（僕の、せい？）

その難詰の言葉に、しかし悠二は震えるような、痺れるような衝撃を受けていた。いや、実際に体は震え、心は痺れていた。

（シャナが、僕のせいで、負けた？）

悠二の体が勝手に動いた。引き寄せられるようにシャナに歩み寄った。

シャナは、ただ詰り続ける。

「全部おまえが悪いんだから！　おまえがあんな、あんなことするから！」

悠二は強い欲求に駆られて、自分の胸ほどまでしかない小さな少女を、思い切り抱き締めていた。今ここにあるなにかを、その腕で、体で、確かめたかった。

シャナは拒まなかった。その胸の中で、ただ感情を、出鱈目な言葉で吐き出し続ける。

「ねえ！　これ、悔しいんじゃない！　怒ってるんでもない！　これが、悲しい、なのよ！　なんで私、みんな、悠二、おまえが悪いのよ！」

「ごめん、いじわるして、ごめん」

悠二は子供のように謝り、シャナを非力な腕で精一杯抱き締めた。

その体は、自分がそうだと思い込んでいた大きさや強さが嘘のように、小さく、か細かった。夕闇に黒くくすむ髪と、服を通して伝わる体温が、少し冷たかった。それがなぜか、とても悲しかった。

「こんな、こんな気持ちになるのは嫌！」

シャナも、悠二の胸に顔を埋めたまま、詰襟を両手で思い切り握り締め、引き寄せた。

悠二は引かれて、彼女に顔を寄せる。炎の残り香の中に、いつか鼻をかすめた少女の柔らかな匂い、眩暈と安堵とを呼ぶ、ほのかに甘い匂いがあった。

それが、今は逆に力を、精一杯以上の力を振り絞らせる。

しかしそれでも、弱すぎた。あまりに弱すぎた。

「ごめん、ごめん」

「もっと強く、もっと強く！」

シャナは叫び、強く引っ張る。息が詰まり、詰襟の縫い目が破れた。

それでも悠二は渾身の力をこめて、少女を抱き締め続けた。

今、自分はシャナに触れている。それを叫びたくなるほどに、悠二は彼女の存在を近く強く、心に体に感じていた。

「うん」

「もっと強く!!」

「うん」

シャナは、自分が摑み、自分を包む少年に、心から求めた。

「……もっと、強くなってよ……!!」

「うん」

自分は弱い。

悠二はそれを、この悔悟と歓喜の抱擁の中で思い知った。

思い知って、その先を望み、決めた。

「うん、なるよ」

そして、この言葉の内にはっきりと理解した。

自分が気持ちの張りを持てなかった、シャナに意地悪をしてしまった、その理由を。

恥ずかしい。

こんな、こんなことのために、彼女を。

「だから、泣かないで」


御崎市東側にある旧住宅地は、この街が都市として発展するずっと前に、地主階級の人々が本宅を集めて作った集落を母体としている。集めた理由は、戦後の土地整理の都合だとか、地主の寄り合いと街の役場を近くするためだとか、いろいろある。

佐藤家は、その集落ができる前からこの場所にあった、本物の旧家である。といっても、家屋はとっくに建て替えられていて、昔の名残はだだっ広い庭園程度のものだ。

その庭園が宵闇に沈む頃、佐藤家に四つある門の一つ、夜遊び用に使われる『御勝手』という小さな戸口の鍵を、放蕩息子が開けた。後に続くその客人たちとともに、別段こっそりという風もなく中へと上がりこむ。

屋敷という形容が相応しい構えを持つ佐藤家の中は、明るくも人気がなかった。

「なに、あんた金持ちなんだ。妬ましいわね」

訪問者でありながら、なぜか廊下の先頭を行くマージョリー・ドーは、屋敷の構えから飾りから、金のかかっていそうな全ての物を見て口を尖らせる。

その脇に抱えられた〝グリモア〟から、マルコシアスが愉快気な笑い声を上げた。

「ヒャッヒャ、根無し草のひがみか？」

「お黙り」

後に続く佐藤啓作も、苦笑して返す。

「そうやって口に出してもらえると、すごく気が楽ですよ」

「あっそ。じゃ、これからもどんどん口に出すことにするわ……で、金持ちは分かったけど、かえって面倒なんじゃないの、親とか外聞とか」

「大丈夫、親は気にしないし、評判も今以上に悪くはなりませんよ」

「はあ？」

「いろいろあって、いろいろあった、そういうことです」

佐藤は肩をすくめて、詳しい説明を避けた。

後に続くその友人・田中栄太も黙っている。

マージョリーには詮索癖はない。自分の要求が叶えられるかどうか、それだけに興味があった。また前を向いて、広くて長い廊下をもらったスリッパでズンズン進む。

「それより酒は、ちゃんとした質と量、あるんでしょうね」

「なんなら樽ごと出しますよ」

「ふう、ん」

マージョリーは珍しくにんまりと、あまり上品ではない感じに笑った。幸い、前を向いているので、後ろの二人には見えない。

「あ、その黒いドアです」

マージョリーの右に、簡素な様式のドアがあった。その中央に貼られた真鍮のプレートには、古めかしい書体で『ＢＡＲ』と彫り付けられている。

「室内バー？　えらく癇に障る響きね」

「お詫びの品はたくさんありますから、勘弁してください」

言って入ろうとする二人に、田中が声をかけた。

「佐藤。俺、今日泊まる、って家に電話してくるよ」

迷いなく奥に入って行く。この家に慣れているらしい。

「またぶり返したのか、って泣かれるなよ」

佐藤のからかいに田中は振り返らず、手だけを振って答えた。

「もう枯れてるだろ」

「そりゃそうか、すまん」

佐藤が先導して入ったその部屋は、広かった。

正面に、足りないのはシェーカーを持つバーテンだけ、というバーの設備が備え付けられていた。雑多な酒瓶の並んだ多段棚と飾り気のないカウンター、揃えられたバー・ツールに磨き抜かれたグラスなどが、ランタン型の淡い照明の下で、静かに客を待っている。

「うわぉ！」

マージョリーは、まるで自分のための楽園を見つけたように感嘆の声を上げた。上げてすぐ、この（既に自分の物と規定した）楽園に侵略者はいないか、確認する。

「ここ、あんたのオヤジとか飲みにくんの？」

来たらぶっ飛ばす、という意気込みを隠しもしないマージョリーに、佐藤は微量の異物を混ぜた笑みで答える。

「この家で、俺と田中以外の人間は、昼勤のハウスキーパーたちしか見たことがありません。安心して飲んでもらっていいですよ」

「あ、そ。そりゃ結構」

佐藤の言ったことの意味には興味を示さず、マージョリーは部屋を見渡した。部屋の手前、ソファに囲まれたテーブルの上に、きれいに積まれた漫画週刊誌や、畳まれた毛布などが置かれているのが目に入る。ハウスキーパーが整理したものらしい。

ゴホン、と佐藤が咳払いして、それを隅に片し始める。どうやらこの部屋を自分の娯楽室にしているらしい。

その少年に、マージョリーはさっきから僅かに鼻についていたことをズバリと言う。

「これだけのものがあって、金持ちの不幸をちらつかせるわけ？」

苦笑しっぱなしだった佐藤は、その苦さと笑みを、より深くした。

「耳が痛いな。ま、『反抗するポーズ』の格好悪さを感じられる程度にはなったんですけど」

と言う間に、本の束の中から、女性には見せにくい種類の雑誌が落ちた。慌てて隠す。

「い、いろいろと分かってくれる奴とも会えたりしましたしね、ハハ」

「アレ？」

「まあ、アレです」

「へ？　なに？」

マージョリーが親指で指し、佐藤が頷いて見せたアレこと、部屋に入ってきた田中は、わけがわからず、きょとんとした。

家に入った二人を見た坂井千草の第一声は、

「泣かせたわね、悠ちゃん」

第二声は、

「でも、いい涙みたいだから、許したげる」

というものだった。

シャナの怪力で破れた悠二の詰襟や、ボロボロ煤だらけのシャナのセーラー服を、彼女は問答無用で剝ぎ取った。明日の朝には綺麗に生まれ変わっていることだろう。さらに彼女は、

「転んだの」

というシャナの、これ以上ないくらいに下手な言い訳にも、黙って風呂を用意してくれた。

とどめは、

「シャナちゃん、今日は晩御飯、食べていきなさいね。なんなら泊まってってもいいけど」

である。

シャナは、千草にだけ見せるしおらしさで、泊まることを言葉少なく断ったが、それでも彼

女の対応は〝天壌の劫火〟アラストールをして、

「できた奥方だ。とても貴様の母とは思えん」

と感嘆の声を上げさせてしまうほど見事なものだった。

「そりゃどうも」

普段着に着替えた悠二は、複雑な表情でお礼を言った。

板敷きの床に胡座をかいて座る悠二の前、ベッドの上に、アラストールの意思を表出させるペンダント型の神器〝コキュートス〟が置かれている。シャナが風呂に入っている間だけ借りてきたのだ。そのアラストールが言う。

「それで、どうだ。少しは自分の愚かしさが目に入るようになったのか」

この異世界の魔神は、全く優しくない。困っているときにはなにもしてくれない。自分なりの答えを見つけたときに初めて、それを確認させるように口を開く。

悠二はしかし、そんな優しくないアラストールが嫌いではなかった。

「そうだな、馬鹿だってことは骨身に染みて分かった……と思う」

「貴様にしては上出来な答えだ。的確でもある」

本当に、全く、優しくない。

「…………でも正直、シャナが負けるなんて、考えたこともなかったよ」

悠二の実感のこもった告白を、アラストールは、

「それは貴様の甘えだ」

と一刀両断で斬り捨てた。

「甘え……？」

「今朝、貴様がシャナになんと言ったか、覚えていよう」

忘れるわけもない。

（「僕なんかいなくても、別に困らないだろ」）

「……そうか。僕は、なにもかも全部、シャナに押し付けてたのか」

なんていじけた考えだろう。まさに、甘えだ。今思い出しただけでも恥ずかしくなる。

「でも僕に、なにか……できるんだろうか」

「それこそ、自分で考えるべきことだ。我らはどのような意味においても、貴様を縛った覚えはないぞ、〝ミステス〟坂井悠二」

「うん……でも、その自由ってのが、かえって難しいな」

「動く気構えだけをしておけ。なにができるかは、起きた状況の中で考えるがいい」

アラストールは、フリアグネとの戦いで貴様がしたように、とまでは言わなかった。

彼は、全く優しくないのだった。

特に、悠二に対しては。

シャナは、バスタブの中で体をくつろげていた。

さほど大きくはない坂井家のそれも、小柄な彼女が体を伸ばすのにはちょうど良かった。

長い黒髪が広がってキラキラ光る。千草からは、手入れのため、まとめてタオルにしまうよう言われていたが、面倒なのと、どうせすぐ清めの炎で乾かせるから、というのを理由に無視している。これは、彼女の言いつけを破っている唯一の例だが、実は悪戯をしているような愉快さも覚えていた。

入れたばかりの透明なお湯に顎まで浸かって、目を閉じる。戦いで受けたダメージや負けた悔しさが、大したことではないと思えてくるほどに、気持ちがよかった。

胸のつかえが、重さが、全て消えてしまっていた。

事実は、やはり簡単だった。

(……「ごめん」……)

悠二が、そう言っただけ。

(……「いじわるして、ごめん」……)

そう言って、抱き締めてくれただけ。

微笑以下の、ほんの小さな笑みを、湯気に隠して浮かべる。

言われ、抱かれた途端、悲しさの上に嬉しさがなだれ込んできて、また突然、それらが全て、

ぽっかりと失せてしまった。残ったのは、雲一つない青空のような、素晴らしい気持ち。

「……」

シャナは、お湯の中で両肩を抱いた。

水面に小さな波を立てて、呟く。

「……もっと、強くなって……」

少年の弱い力で抱かれた場所は、しかし暖かかった。

その余韻に浸るように、シャナは深く安堵のため息をついた。


「なに、〝屍拾い〟ラミーに会っただと？」

「うん」

悠二は、今日起きたことを細大漏らさず、アラストールに話した。隠すと、いろんな意味でためにならないと思ったので、吉田とのことも含めて全部。気分は懺悔である。

幸い、アラストールは吉田とのことには興味を示さなかった。彼の興味は、当然のことながらラミーに向けられる。

「そうか、今回は貴様のことで借りを作ったか。返礼をせねばな」

やはりアラストールには、無害なラミーを討滅する気は端からないらしい。そのことにほっとしつつ、悠二は訊く。

「再戦する気なのか。それで、ラミーが言ってた戦闘狂って、どんな連中だったんだ?」

「うむ」

アラストールも、〝蹂躙の爪牙〟マルコシアスのフレイムヘイズ、『弔詞の詠み手』マージョリー・ドーとの戦闘の推移を、悠二に詳しく聞かせた。

その想像以上の大敗ぶりに、悠二も顔を蒼白にする。

「……ヤバそうな連中だな。たしかに言動からして、ラミーが無害だろうがなんだろうが、関係なしに殺してしまいそうだ。あれから封絶とか自在法とかは?」

「使っていない。恐らく、戦闘での疲労を回復させているのだろう」

悠二はとりあえず安心した。ラミーがその戦闘狂らによって危機に陥る、しかも自分がシャナを不調にしたせいで、となれば、恩を仇で返すことになってしまう。

「明日になってから、またやるつもりなのかな……でも、やっぱりフレイムヘイズ同士で戦うってのは、感じとして抵抗があるな」

「我らの大義は一つだが、その解釈と遂行手段は各々で違う。自然、衝突も対立も発生する」

「本当、ラミーの言ったとおり、〝紅世の徒〟もフレイムヘイズも、僕らと同じなんだな」

「そうだ。しかし、再戦を行うのは、その対立や私怨からではない。もっと切実な理由がある」

「え?」

「貴様も聞いたとおり、ラミーが集めている〝存在の力〟が問題なのだ。トーチとはいえ、奴は数百年からの時をかけて蓄積している。恐らく、相当な量となっているだろう。そしてその制御には、奴独自の自在法が使われている」

「そういえば、そんなこと言ってたな。編み上げたとかなんとか」

「奴が討滅された場合、その制御を離れた〝存在の力〟だけが残されることになる。トーチで埋まり、大きな歪みを持つこの街で、それが開放なり分解なりしたとき、なにが起こるか……」

悠二はごくりと咽喉を鳴らした。

「デカい爆弾みたいなものか」

アラストールは答えず、対処法を示す。

「ともかく、〝蹂躙の爪牙〟と『弔詞の詠み手』に誓約でもさせるか、当分追えなくなるまで痛め付けるか……いずれにせよ、勝つことが前提となる。貴様、アレは持っているな?」

その質問の意味を察して、悠二の背筋に寒気が走る。しかし、はっきりと答える。

「もちろん。ずっと首にかけてるよ」

「よし。奴らとの戦いは、あるいは貴様を伴った方が事態への対処を容易にするやも知れぬ。不本意だが、共に来い」

「……やっぱり。まあ、そうなるだろうとは思ったけど」

悠二は、今自分が強い微笑を浮かべていることに気付いていない。

「シャナの感情云々の話ではないぞ。あくまで戦闘の必要因子として貴様は……」

その、保護者根性丸出しで予防線を張るアラストールの声を、階下からの声が遮った。

「悠ちゃーん、晩御飯できたわよ。早く降りてらっしゃい。シャナちゃん待たせちゃ駄目よ」

「……降りますか」

「ふん、聞いただろう、シャナを待たせるな」

くすりと笑って、悠二は〝コキュートス〟を手に取った。


「ハハ、アッハハハ！」

マージョリーは今日一番の、ごきげんな笑い声を上げた。

その原因は明白。カウンターテーブルの上に転がった、三個ばかりのウイスキーの瓶……正確には、そこに入っていた液体である。

「あ〜、ケ〜サク、ここいい、ブリテンの酒た〜くさんあって気に入ったわ〜」

タガを思い切り外しまくった彼女は、スーツドレスをだらしなく着崩して、カウンター席に片足まで載せている。飲む前の、厳しくも堂々としたフレイムヘイズの姿は見る影もない。今やただの酔っ払い姉ちゃんである。

彼女を挟んで左右、椅子一つずつ空けて座る佐藤と田中は、大人しくオレンジジュースとジンジャーエールでご相伴に与っている。

いるのだが。

「マ、マージョリーさん！　飲むのはその、いいですけどうひぇっ！」

「たたー助けてけてくれ、と今日は言えるえるのーで言うがが、助けてくーれれ」

「姐さん、ちょ、アブな！」

気分良く酔ったマージョリーがブックホルダーの掛け紐を掴んで、グルグルと〝グリモア〟を振り回しているのである。コンパ帰りの女子大生がハンドバッグで遊ぶ様に似てはいるが、振り回しているのは、まとめた画板ほどもある〝グリモア〟である。破壊力が違った。

そこに意思を表しているマルコシアスとしては当然、たまったものではない。今日のマージョリーは、酒にか人にか戦いにか、特にご機嫌らしく、いつもの倍の速さで振り回される。

「アッハハ、こ～んな程度が避けられないよ～じゃ、フレイムへイズは務まらないわよ～」

フニャフニャと締まりなく笑ってはいても、相変わらず眉根だけは険しく寄っているので、傍目にはほとんどいじめっ子状態である。

佐藤はマルコシアスの叫びを耳元に通過させながら、なんとか返答する。

「お、俺たちはフレイムへイズじゃないですよ？」

「ええ～、じゃ～私がフレイムへイズ～？」

「そ、そりゃそうでしょ姐さわおっ！」

即死を免れ得ない打撃の風が、田中の鼻先を通り抜ける。

「へっへぇ〜、じゃ〜エ〜タはな〜によ？　も〜しかして、も〜しかすると、フレイムへイズ？

あっはっはっは！」

もう無茶苦茶である。席を外そうとすると、目を吊り上げて、

「な〜によ〜、人がせっかく故郷の酒を楽しく飲んでんのに、一緒に飲めないって言うの？」

と酔っ払いの常套句で絡んでくる。逃げようがなかった。

その内、節をつけて歌まで歌いだした。

「**そ〜できるんならそ〜したい、もしてきないのならど〜できる、♪**」

伴奏は〝グリモア〟の風切る音とマルコシアスの悲鳴。

「**できなきゃできないできるかね、きみもできなきゃできぬはず、♪**」

佐藤と田中は、拷問を楽しめと強要されたような顔で、椅子に張り付いている。

「**それともきみはできるのか、できずにきみはできるのか、♪**」

一人高らかに、マージョリーは歌う。

眉根を険しく寄せた笑みを浮かべて。

悠二は風呂や宿題を済ますと、ベッドのシーツを伸ばして、ジャージを一揃え、その上に置

いた。さらに押入れからもう一枚、毛布を取り出す。つい、苦笑が漏れた。

(慣れたもんだな)

シャナが、散々引き止める千草に、

「大丈夫、いいの。また明日」

と言って家を出てから、しばらく経つ。

例によって、すぐそこまで送る悠二に、シャナは、

「鞄、拾ってくる」

と言い置くと、どこかに行ってしまった。

悠二は、その言葉の意味を取り違えなかった。

やがて、悠二の作業が終わるのを見計らっていたように、ベランダ側の大窓が開いた。

鞄を持ち、薄い朱色のワンピースを着たシャナが、ずかずかと上がりこんでくる。

千草が、今洗っている制服の代わりに、と貸したその服はなぜか新品で、しかもサイズがぴったりだったりした。不機嫌を装った顔も、その色につられたようにわずかに赤い。

「いらっしゃい、お嬢さん」

「うるさいうるさいうるさい。もう寝る」

からかう悠二に、シャナは真っ赤になって答えた。その前を横切って、当たり前のように、
悠二が用意した自分の寝巻きであるジャージを取る。

そのとき、悠二の鼻に淡く、自分も使っているシャンプーの匂いがかかった。

さっきとは違う匂い。自分も馴染んだ匂い。

それだけのことが、今、自分の傍らでジャージを広げて前後ろを確認している少女との距離を、近く感じさせる。触れることができる、触れることができた、その近さを感じて、悠二は不安と嬉しさを混ぜたような、しかし奇妙に穏やかな気持ちになっていた。

その気持ちに胸を暖めながら、シャナを着替えさせるため、部屋を出てゆく。

「十分したら戻るよ」

「三分でいい」

会話とも言えない会話。しかし、今はもう、それだけでよかった。

「はいはい……あ」

悠二はふと、あることを思い出して、戸口で止まった。

「なに」

「大太刀、もう床に刺さないでくれよ」

「それは、おまえ次第」

「……」

「……」

二人は、どちらからともなく吹き出した。

マージョリーは歌の切れで突然、派手にぶっ倒れた。

「うわっ！」

「姐さん！」

持ち主に放り出されて床に落ちた〝グリモア〟から、マルコシアスが言う。

「だいじょーぶだよ、ご両人。いつものこった。バタンキューで明日の朝、俺に言うのさ。

『頭の中のデカい鐘止めて～』ってな」

「ほ、本当ですか？」

佐藤が〝グリモア〟を床から拾う……というより、持ち上げる。よくもまあこんな重い物をブンブン振り回せたもんだ、と改めてマージョリーの怪力への驚きが湧く。

「ヒヒ、我が眠れる美女マージョリー・ドーにならともかく、俺に敬語は止めろ、気色悪ぃ。タメ口でいいぜ」

「なんだか意外で……だな」

田中が倒れたマージョリーの上体を起こした。その拍子に、スーツドレスのくつろげた胸元から豪勢な中身が覗きそうになった。慌てて襟元を整える。

「な、なんというか、すごく強そうな雰囲気だったけど」

その荒々しい寝息は、ライターを近づければ炎になりそうなほど酒臭い。

「飲める酒量は普通だ。いろいろ無理してんのさ」

「いろいろ、か。気い張り続けるってのは、疲れるもんだしな」

妙な実感を込めて田中は言った。

佐藤が、こちらは〝グリモア〟を抱え上げつつ、だらしなく緩んだ寝顔を見つめる。

「屋上で戦うとき、凄く怒ってたな。〝紅世の徒〟って奴ら、マージョリーさんによっぽどひどいことしたんだろうな……あんな……」

(「〝徒〟は全て殺す、殺す、殺す、殺して殺して殺して殺して殺し尽くすしかないのよ!!」)

佐藤も田中も、あれほどに露骨で強烈な殺意を、声というものに感じたことはなかった。かつての自分たちのことが、ほんのお遊びだったことを思い知らされる、本物の雄叫び。

「フレイムヘイズは復讐者なんだろ。家族とか恋人とか、そんな感じか……よいせ」

田中はマージョリーを持ち上げ、ソファに運んだ。自分とほとんど変わらない背丈の女性は、意外なほど軽くて、細くて、柔らかかった……酒臭いのは勘弁だが。ストレートポニーを乱さないよう気をつけてソファに寝かしつけると、わずかに艶っぽくむずかる。

「ま、光景としちゃ、最悪だったわな」

その傍らに置かれた〝グリモア〟から、珍しく笑いを込めず、マルコシアスが言う。

「……見てみるか?」

二人の了解を待たず、〝グリモア〟の縁から、わずかに群青の炎が吹かれた。

途端、

「う!?」

「わ!?」

佐藤と田中の脳裏に、一瞬の光景がフラッシュバックした。

砕けた石塀、焼け落ちた梁、濛々たる黒煙、煤と血に塗れた自分の腕が見えた。

目の前を、付近を、彼方を埋めるのは、ただ、赤い炎のみ。

その中、
眼前に一つだけ、
銀色に燃える狂気の姿がそびえ立っていた。

「――――」

「――――」

覆い被さるように手足を大きく広げ、銀の炎を巻き上げる、歪んだ西洋鎧。なにも持たない、
その鎧の隙間からは、ザワザワと虫の脚のような物が這い出そうとしていた。鬣のように銀の
炎を吹きあげる兜、そのまびさしの下には、目が、目が、目が、目が……!!

それらは全て、笑っていた。

嘲笑っていた。

「――っひ」

「――ぎ」

　絶叫の寸前、
　バン、と〝グリモア〟が上からの手に叩かれ、光景が途切れた。

「バカマルコ!!」

「あ、あんた、なに、勝手に……」

　マージョリーは、酔いと怒りで舌が回らない。眼鏡の向こうの瞳が、わずかに潤んでいた。

「い－のさ、い－のさ。『酒で言いたいこともある』……おめえの口癖だろ。たまには俺も、誰かさんの酒臭え息で、なにかを言いたくなったんだよ。我が怒れる淑女、マージョリー・ドー」

　佐藤は、あまりな臨場感と光景、それ自体に鳥肌を立てていた。

「い、い、今の、化け物が、〝紅世の徒〟……あれが、マージョリーさんの大事な人を」

「違う」

　マージョリーが燃えるような息を吐いて、声を打ち切らせた。

　そしてもう一度、腕でなにかを拭うように、顔を隠しながら。

「違うのよ」

「……」

「……」

二人は、持った疑問を口には出さず、目線だけを交わした。

田中が、マージョリーのことは見ぬふりをしてマルコシアスに訊く。

「……さっきの奴は、まだ？」

「ああ。俺はあの後すぐに渡り来たはずなんだが、そいつとは接触できなかった。探すとしても、〝徒〟はこっちで好きに姿を変えるから、あの悪趣味な格好もあてにならねえし、そもそも銀の炎を持った〝徒〟なんて聞いたこともねえ」

ふと、言葉を切って、穏やかに。

「ま、それでも探すのさ。今までも、これからも、一緒にな」

「……ふん……バカマルコが優しい声で喋ってる……酔い、かなり回ってるみたい」

「そうか、明日の朝は見物だな、ッヒッヒ！」

見える口元だけでマージョリーは笑い返し、体の力を抜いた。ソファに沈み込む。

佐藤が、邪魔かとは思いつつも訊いてみる。

「マージョリーさん、別の部屋にベッドが余ってますけど、移りますか？　その格好のままってのも……」

マージョリーの口は、今度は含みのある笑みを浮かべた。

「このままでいいわ。ベッドは駄目」

「？」

「ベッドってのは、いろいろヤバいのよ。気持ちよさとか、雰囲気とか……もしあんたたちに迫られたら、殺しちゃう」

「しませんよ、そんな恐いこと──」

「しようがないので断念しますんがっ⁉」

佐藤が田中の脇腹を肘で小突いた。

「……ジョークじゃないの。フレイムヘイズは、なにもかも強すぎて、力一杯抱き合うこともできやしない……強くないと生き残れない、けれど、そんな奴ほど長く、何百年も一人で……そういうものなのよ……」

「おいおい、そりゃやねーぜ。我が麗しの酒盃、マージョリー・ドー。俺がいるだろ」

「はい、はい……ありが、と、私の、〝蹂躙──爪牙〟、マル、コ……」

息継ぎの中、かくり、とマージョリーの首から力が抜けた。

寝息が静かになるまで、誰も、なにも言わずに待った。

やがて佐藤が、向かいのソファに置かれていた毛布を彼女にかけた。〝グリモア〟に軽く手を上げて、部屋を出て行く。

その後に続いて、忍び足で部屋を出た田中が電灯を消すと、あとにはバーカウンターの、幻のような明かりだけが残された。

ドアの閉まる寸前、その片隅から小さく、声が聞こえた。

「安き眠りを、ご両人」


電灯の消えた、薄暗い部屋の中。

シャナは『一緒』という、その心地よさを、久し振りに、胸一杯に、感じていた。

頭までかぶった毛布の中で、悠二はどうだろう、と思っていると、その悠二が……大太刀を間に置かない、反対側の壁際で毛布に包まっている悠二が、躊躇いがちな声をかけてきた。

「……シャナ」

「なに」

即答していた。なんだか自分が悠二の声を待っていたみたいで、むっとなる。

悠二はそれに気をとめた様子もなく、また言う。

「明日から、また手伝うよ」

「アラストールから、もう聞いた」

ことさらに素っ気なく返した。拒絶ではないことは、たぶん分かってくれる……と思う。

悠二はまだもぞもぞと、なにか言いにくそうに、次の言葉を準備している。

「……………」

「……………」

じれったい。言えば、すぐ答えるのに。

それとも、なにか嫌なことだろうか。悲しいことだろうか。

そんなことを思う自分が少し臆病になった気がして、また、むっとなる。

早く言って欲しい。

「………シャナ」

わずかに震えのある真剣な声を受けて、予想外に強い動悸が胸を一打ちした。

「なに」

こっちの声に動揺が出なかったろうか、と心配するが、悠二はそれどころではなさそうだ。

なにを言おうとしているのか、ますます不安になる。

何秒か何分かの間を置いて、ようやく悠二が声を搾り出した。

「僕、役立たず、かな」

「……」

即答できなかった。

あんまり、
あんまり、馬鹿らしくて。

だから、

「馬鹿」

とだけ答えた。

悠二は、分かってくれた。

「……ありがとう、頑張るよ」

「うるさいうるさいうるさい。安眠妨害(ぼうがい)よ」

思わず言い返して、毛布の中で悠二に背を向けた。そのまま意味もなく体を転がして、毛布にグルグル巻きになってみる。

悠二が言葉にか動作にか、少し笑った気がした。嫌な気分ではなかった。

その笑みを端(はし)に引っ掛けるような、声が。

「うん、ごめん。おやすみ」

毛布がゴソゴソしている。本当に、もう眠(ねむ)るようだ。

だから自分も、毛布の中、唇(くちびる)だけで、

おやすみ。

5　今日という日は戦い

朝の街路を、シャナが意気揚々と登校する。綺麗に糊付けされたセーラー服を心地よい朝の風に翻し、その足取りも軽やかに。

その横を歩く坂井悠二の方は、実は結構ヘコんでいる。どっちが張り切りすぎたのか、その日の早朝鍛錬で、彼は見事なまでにボコボコにされたのだった。

シャナとしては「やっと」、本人としては「ついに」、本気を出して臨んだ結果が、最悪だった昨日と大して変わらなかったりするのだから、ヘコむのも無理からぬところではある。

その鍛錬の最後、地面に倒れた悠二は、かなり往生際の悪い台詞を吐いた。

「……今日、いきなり進歩すれば、かなり格好良かったんだけど」

それに対するシャナの返答は、

「そう簡単にできたら、誰も苦労しないわよ」

という、全くもって、ごもっともなものだった。

ちなみにその様子は、例によって見物していた坂井千草によって端的に表現されている。

「あらあら、格好悪いわねえ」

あらゆるものへの格好良さを憧れ目指す『少年という生き物』としては、この言葉はかなりこたえるわけだが、それでも悠二は、昨日までのような虚脱状態には陥らなかった。

それを気にしなくなった……いや、実はかなり気にしてはいるのだが……ともかく、その事実を認め、受け入れられるだけの神妙な気持ちが、彼の胸の中には生まれていた。

(まあ、僕も、本当に子供だったってことなのかな)

悠二は、昨日までの自分を思い返す。

なぜ、嫌いでないはずの彼女との全てに、気の張りを持てなかったのか。

なぜ、いつも想っている彼女と一緒にいることを、拒んでしまったのか。

鈍い頭を必死に使い、多くの事柄を編み上げることでようやく得たその答えは、しかしあまりに馬鹿らしくて、情けなくて、ひどいものだった。

そう、
シャナの前で、いい格好がしたかったのだ。

(……我ながら、なんて恥ずかしい奴……)

悠二は、今それを思う自分が赤面していることさえ感じた。

自分に自信が持てない、その事実と責任を全て彼女に押し付け、自分は無気力の倦怠に逃避していたのだ。甘えと言われてもしようがない。

彼女にいいところを見せたい、でもそれができない、そのことにいじけ、拗ね、彼女を拒んでしまったのだ。完全な八つ当たりだった。

その結果が、昨日のざま。

悠二は、その（主観的には結構長い）人生の中で、こんなに自分のことを恥ずかしいと思ったことはなかった。穴がなくても自分で掘って入りたい気持ちだった。

子供っぽい見栄、それに恐らくは、強い彼女への嫉妬。

いざ気付き、見据えた、それらの感情のなんという無様さ。

しかし、それをようやく越えるだけの『自分の展望』ができたこと、それ自体には素直な喜びがあった。なによりも、シャナのためにそれができたことを嬉しく思った。

「シャナ」

悠二は、その自分の気持ちを確かめるように声をかけていた。

「なに」

傍らを歩くシャナの口調は、いつもと同じ、ぶっきらぼうなもの。振り向きもしない。

しかし、その横顔は笑っていた。悠二も楽しいに違いない、という明るさを朝の光に負けないほどに浮かべて、彼女は笑っていた。

「今日は、どうするつもりなんだ？」

悠二も、その明るさに照らされるように、自然に笑い返していた。話題はどうにも色気のない実務的なことだが、それはそれで、自分たちらしくていいとも思う。

「そうね。向こうは、昨日と同じパターンで来ると思う」

「昨日……ああ、まず気配を探る自在法を使うってことか」

「うん」

シャナは悠二の理解が早いことを喜ぶ。今朝はそれがストレートに顔に出る。

悠二は今、改めてその様子を見て……全く今さらのように気付いた。

シャナという少女が、とても可愛いということに。

その唐突な再認識に、悠二は本当に今さら、彼女と一緒にいることに、彼女を見つめていることに、照れを感じた。しかし、目を離せない。呆けたように、その横顔に見惚れる。

シャナは、そんな悠二の内心も知らずに続ける。

「だから、それが始まってから動けばいい。幸い、あの自在法はこっちにも効果を分けてくれる。ラミーが引っかかった場所を察知したら、そこに向かって駆けっこする……」

悠二が自分を見ていることにようやく気付き、顔を向ける。

「……なに？」

その、いつもの詰問調ではない、笑顔での軽い問いに、悠二は居眠りを覚まされたように慌てた。

「え、え、いや！」

彼女の言っていたことを、必死に記憶から汲み上げて答えを繋ぐ。

「そそ、その駆けっこ……の途中で、戦闘狂をつかまえて決戦、ってことだよな」

シャナは、悠二の様子に少しだけ怪訝な顔をしたが、深く追及はしなかった。

「……？　うん、始まったら忙しくなる。おまえも覚悟しときなさいよ」

「わ、分かった」

「よし」

シャナはまた頷いて、前を向く。

悠二は再び、今度は夢に落ちないよう気をつけて、その少女の横顔を見た。

眩しい、と感じる。

しかしもう、見栄っ張りの反感は抱かなかった。安っぽい嫉妬も湧いてこなかった。

ただ、

（この子のために、強くなる）

その気持ちが、心の奥底で静かに燃えていた。

（……まあ、なかなか進歩しないけど……）

悠二はいつの間にか、今朝の惨敗さえ、自分の活力になっていることを感じていた。

二人が行く朝の街路は、シャナの笑顔のように爽やかで、明るい。

その頃、彼らが迎え撃つ敵、

〝蹂躙の爪牙〟マルコシアスのフレイムヘイズたる『弔詞の詠み手』マージョリー・ドーは、床の上でのた打ち回っていた。

「うあ～、駄目～、もう死ぬ～、いっそ殺して～、マーガレットにジャイルズにクレメント、み～んなして頭の中で～鐘鳴らしてる～、う～、あう～」

朝日が容赦なく射す部屋の中、マージョリーは蓑虫のように毛布に包まって、ソファとテーブルの間をゴロゴロと往復する。この『弔詞の詠み手』の有様を見て、彼女に力を与える〝紅世の王〟マルコシアスは〝グリモア〟の中から大笑いした。

「ヒッヒヒ、いー薬、いや毒か。ま、どっちにしろ清めの炎はしばらくお預け。しばらくそーしてろ、我が酔いどれの天使、マージョリー・ドー！」

「うう～、バカマルコ殺す～、でも死ぬ～、殺して～死ぬ～死んで～殺し～あ～う～」

うめく彼女の傍らのソファには、いつ脱いだものか、スーツドレスが無造作にかけてあった。

つまり現在、彼女は下着姿ということになる。しかし、『寝起きの美女』の姿を大いに期待して部屋に入ってきた佐藤啓作と田中栄太が実際に目にしたのは、酒臭い息を吐いて床の上で横回転を続ける『怪奇・蓑虫女』だった。二人の期待したお色気シチュエーションから、これでもかというほど容赦なくかけ離れた光景である。

「……こりゃ、しばらくは駄目か」

酔い止めの薬を持ってきた佐藤が、この蓑虫のツイストを見てため息をついた。

その横では、田中が朝食のカップ麺を立ったまますすっている。

「ン～、放っとくわけにもいかねえし……なあ、もういいだろ、マルコシアス？」

「駄目だ、駄目だ。甘やかすと、また今日の晩もあーなるぞ、ヒッヒッヒ！」

「そりゃ勘弁」

「田中に同じ」

優しさは、身の安全の前に一瞬で敗北した。

「う～らぎりもの～、あとで～、殺して～、あう～死ぬ～」

登校ラッシュからかなり早い、朝の御崎高校。その一年生教室の廊下で、メガネマン池速人が携帯電話に向かって叫んでいた。

「え、どーゆー意味だよ。そんなことより、おまえら……急用？　ならノートくらい届け……だから埋め合わせとか、そーゆー問題じゃなくて、あ、こら、おい！」

切られた。めげずにリダイアルを押すと、通話中。受話器を外したままにしてしまったらしい。二人は携帯電話を持っていないし、あの馬鹿みたいに広い家には、なぜか一つしか電話がない。これで連絡はシャットアウトだった。

古い家ってのは変なところで非効率的なんだから、ったく、と憤慨する。

「……佐藤君と田中君、今日もお休みなの？」

心配そうな顔をした吉田一美が教室から出てきた。彼女もかなり早めに登校してくるので、朝はよく話をする。大半は勉強のことというのが、池としてはなんとも味気ないが。

「うん。なにか大事な用があるらしい」

まず、田中の家に電話をかけると、佐藤の家に泊まったという。その際、お母さんから、『宅の栄太に、佐藤家の狂犬から離れるよう説得して』と頼まれたが、あいにく池には狂犬などという知り合いはいないので、その頼みは無視して佐藤に連絡を取った。ところが佐藤も、わけの分からない急用のため、今日も休むという。

「……古文、今日は小テストあるけど、大丈夫？」

吉田は、池とは話しやすいらしく、坂井悠二に対するときと比べると、口調ははるかに滑らかである。これも、池としてはなんだか、そこはかとない悲しさを抱いたりする。

「う～ん、テスト自体は困らないと思うけど、授業でとったノートをまた写し直すのが面倒なんだよな」

「じゃあ……佐藤君たちに写してもらったら？」

「だめだめ。あいつらの字じゃ、ノートが暗号帳になる」

くすくすと吉田が笑った。

その、他者の微笑を誘わずにいられない柔らかな笑みを見て、池は思う。

昨日のデートは上手くいったんだろうか。笑顔には、特に影があるようには見えない。しかしあの野暮天が、しかも落ち込んだ状態で、彼女に気をつかうことは難しいだろう。まずはデートに行くという既成事実を作ることで、今後の彼女の心に弾みがつけられればと思って行かせたのだが云々……。

お節介精神全開状態の池を、いつの間にか吉田が怪訝な顔をして見ていた。

「……池君？」

「え、いや、なんでも……おっと」

廊下の隅から一人、大人が曲がってきたのを見て、池は持ったままだった携帯電話をポケットに隠した。校則上の建前として、携帯電話は禁止である。

まだ朝の喧騒もない静かな廊下を歩いてくるのは、取り立てて特徴のない中年男性……まあ、教師に違いないだろう。それ以外で、こんな場所をこんな時間に通る者は、まずいない。

（あまり見ない先生だな）

と池は思いつつも、如才なく会釈する。その隣で、こっちは純粋に礼儀として、吉田が深くお辞儀をしている。

その中年男性は鷹揚に、おはよう、と言って通り過ぎた。

「おはようございます……？」

答えた吉田は不思議な違和感を覚えて、廊下の向こうへと歩いてゆく、その男性の背中を見た。人相に見覚えはなかった(といっても、彼女は人の顔を見るのがすごく苦手なので、チラリとしか見ていないが)。なのに、初めて会ったような気がしなかった。

まるで、知っている人が別の顔をしているような……そんな、不思議な違和感だった。


それから少し後、平井ゆかりが坂井悠二と一緒に教室に入ってきたとき、クラスメートたちは、なにかの——なにか、の例を挙げれば、おそらくは『悪い』ということになるだろう——冗談だと思った。

それも当然の受け取り方だったかもしれない。『朗らかな用心棒の先生』がいたら、誰だって薄気味悪く思うというものだ。昨日が昨日だったから、これが余計に引き立ってしまって、その場だけを見れば彼女は可愛い、という事実は、あっさりと見過ごされてしまった。

ともかくもそういうわけで、彼女が朝の教室で一番最初に遭遇したクラスメート、池速人にかけた、

「おはよ」

という挨拶は、銃口付きの『手を挙げろ』よりも恐かったりしたのだった。

池は冷静沈着で頭脳明晰な人格者という、嫌味なまでにいい男だったが、その彼をして、

（さては、昨日僕が二人のデートをセットアップしたことで、なにか報復でもあるのか？）

と見当違いな危機感を抱かせてしまうほどに、今日の彼女の様子は異常だった。

「はっはっは、いい気味だ。でもたまには素直に受け取れよ」

と坂井悠二が意地悪く、なぜか優越感に浸った笑いとともにフォローしてくれなければ、彼は一日、ギロチンに首を固定された放置プレイの気分を味わっていたことだろう。

その池を始めとする、見当違いな恐怖と戸惑いに揺れるクラスメートたちの中で、彼女の変化、その意味と理由をただ一人直感できたのは、当然というべきか、吉田一美だった。

（仲直り、したんだ）

昨日ケンカしていたのが今日これなのだから、常識で考えれば当たり前の結論ではあった。

それを混乱させているのは、ひとえに平井ゆかりの独特な個性ゆえだが、吉田だけはある意味、彼女のそういう部分も含めて、対等な立場から見つめることのできる、唯一の人間だった。

それが彼女にとって幸いであるとは限らないが、しかし彼女は、平井ゆかりに宣戦布告したときから、悠二に関することだけは強気になろう、と決心していた。そうさせるだけの気持ちがあった。

今日の二人の様子を見ても、

（もっと、頑張ろう……）

と思えるほどに。

そんな張り切る彼女をよそに、クラスは瀑布にたらい舟で挑むようなスリルを持って、始業のチャイムを聞く。

昼なお暗い、旧依田デパートの上層階。
玩具の山の中に広がる箱庭『玻璃壇』の中心、つまり、このデパートの模型の上に、佐藤と田中が背中合わせに立っていた。二人で眼下の御崎市全域を見渡す格好である。
《ケーサク、エータ、聞いてるわね》
彼らの傍らに点る群青の松明から、昨日同様、屋上にいるマージョリーの声が響いた。結局、昼前まで蓑虫のツイストを踊らされたため、その声色はすこぶる険悪である。
《昨日はいきなり変なガキンチョが来て、みんなメチャクチャになったから、今日は先に説明しとくわよ》
その報復として〝グリモア〟百連回転の刑にあったマルコシアスは、今は静かにしている。
佐藤、田中両名も、頭に拳骨を一発ずつもらっていたが、こっちはかなり手加減されたようだ。思い切り撲られたら頭がなくなっていただろうから、当然ではある。

「は～い」

「へへ～い」

《シャキッとする！》

不意な叱声一鞭、背筋が伸びる。

「はいっ！」

「はいい！」

《よし。まず、普通に〝徒〟を追う場合は、昨日みたく気配察知の自在法で大体の位置を測る。並の〝徒〟なら、この察知した方向に進んでいけば、すぐに気配が引っかかるんだけど、ラミーの奴はトーチに寄生してるせいか、それが極端に弱い。かなり近付かないと駄目なの》

ふむふむ、と概ねフィーリングで頷く二人。

マージョリーは、やや不安げな間を取って、続ける。

《……それに、奴はそうやって気配を察知した途端、全く別の場所に移動してしまうのよ》

「飛んで逃げた？」

佐藤が訊くが、マージョリーは、いいえ、と返す。

《普通の移動方法なら、こっちが近付く間に、その気配をとらえられないわけがない。一度、頭に来て、気配察知を間を置かずに十連発したら、全部が全部、違う場所で反応したのよ、信

じらんない》

呆れと怒りが声にこもる。

《大体の位置はつかめるのに、いざ手を触れようとすると必ず逃げられるってわけ》

「察知されたらテレポート～、とか……無理かな」

田中の意見にも、否定の答えが返る。

《でかい力を使えば、できないこともないとは思うけど、そこまで世界を捻じ曲げる無茶な自在法なら、かえってその発動で察知は容易くなるはず。とにかく、普通に考えられるだけのことは考えたの》

「素人の思いつきは、やっぱ無駄か」

「頭良い方じゃねえしな、俺たち」

二人の自嘲を、マージョリーがぶっ飛ばす。

《でも、今回は違うわ。なんたって、あの〝祭礼の蛇〟の秘宝『玻璃壇』があるんだもの。今日こそ、その鬱陶しいからくりを解いて〝屍拾い〟を狩り出してやるわ。二人とも、よく見てるのよ。マルコシアスも、いいわね》

ようやく、マルコシアスも口を開く。

《あいあいよ～、我が尖鋭なる剣、マージョリー・ドー》

《さあ、ケリをつけるわよ！》

箱庭に、彼らを中心とした群青の波紋が広がる。

四時間目、日本史の授業中、

「来た」

いきなりシャナが咆えるように言い、立ち上がった。

「よし」

臨席の悠二は頷いた。待ち構えてさえいた。ようやくだ。張り切っていたせいか、自分もわずかに、その反響するなにかを感じた。近い気がする。しかしとりあえず、

(……え～と……)

悠二は、視線だけで左右を眺める。

教壇に立つ日本史の教師やクラスメートたちが、突然立ち上がったシャナに、もう何度目かという驚きと戸惑いの視線を注いでいる。

そのシャナは、あらかじめ悠二に教えられていた台詞を言い放つ。

「お腹が痛いから早退するわ。坂井悠二に送ってもらうから」

傲然と胸を逸らし、朗々たる声を響かせて。

(あ～、ま、最初から演技力には期待してないけど)

諦めのため息をつきつつ、悠二は机上の物を鞄に突っ込む。帰る用意はあらかじめしてあったので、十秒で撤収準備は完了。席を立ち、悪びれもせず言う。

「それじゃ先生、そういうことで」

シャナが、立ち上がったその場で待っていた。

昨日とは違う。

悠二はしっかりと言った。

「お待たせ」

シャナもしっかりと答える。

「うん」

ぽかんと口を開けて見ていた日本史の教師が、そのやりとりで我に返った。

「お、おい、坂井……」

シャナが教師に目を向け、声を切らせた。昨日の険悪な雰囲気はない。常の平静さだけがあった。悠二に代わって、返答ではない言葉をかける。

「長い名前は、丸暗記させるんじゃなくて、その意味や由来を解説した方がいい。他は、まあまあ流れを把握させる努力があって良かったわ」

「そ、そうか」

平井ゆかりの変化……つまりシャナの出現以降、初めて彼女と授業内容の勝負を始めたことで、生徒たちの高評価を密かに得ているこの青年教師は、受けた指摘を律義にメモに取った。

そしてその間に、悠二とシャナは教室から姿を消していた。

(……なんなんだろう……)

教室の隅で、悠二たちが出てゆくのを見送るしかなかった吉田一美は、彼らが時折見せる不思議な繋がりの姿に、胸の痛みを覚えた。助けを求めるように、つい池を見てしまったが、さすがのメガネマンも、これにはただ肩をすくめて返すだけである。

(……ときどき二人で、二人だけで)

不安と羨望を感じて、その弱気を自覚して、厳しさも不利も理解して、それでも彼女は想いのままに強く、誓う。

(頑張ろう、うん、頑張ろう)

彼女だけの、彼女なりの戦いは、まだまだ続くのだった。

ところで、
池はこの後、吉田が用意していた悠二の弁当を代わりに貰えた上、彼女と二人だけで昼を過ごすという特典にも与ったため、個人的には出て行った二人に感謝することになる。


いつかのように、いつものように、二人は廊下を走っていた。

開き直りに近い悪度胸が、もう板についてしまったことを嘆きつつ、悠二は言う。

「言い訳にも、もう少し芸がないと駄目だな。なにかうまい手をちゃんと考えないと」

飛燕が風切るように併走するシャナは、平然と答える。

「やることに変わりはない。気にした方が負けよ」

「とは言っても、学生にも結構、しがらみってものがあるんだよ。シャナだって、僕の母さんには怒られたくないだろ？」

「……」

「それで、どこに向かってるんだ？　ラミーは見つけたんだろ？」

「うん。駆けっこはこっちの勝ちが確定したみたい」

「そういや、今もなんだか近い感じがしてるけど」

「当たり」

シャナはやはり隠さず、強く笑った。玄関ホールで素早く靴を履き替えると、逆戻りしてその手前にある階段を駆け上がる。御崎高校は、一年生一階、二年生二階、三年生三階と、非常に分かりやすい教室分けをしている。

外ではなく上に向かう、この意味に悠二は気付いた。

「まさか、学校の中？」

「そう」

シャナは、遅れがちな悠二にギリギリ速さを合わせて、階段を駆け上がる。そしてその最後に立ち塞がる四階屋上出口のドアを、勢いに任せて蹴り破った。錆びた鉄のドアが、網入りガラスもろともひん曲がって開く。

「ここよ」

悠二は薄暗い階段に突然空いた開口部に目を細め、シャナの後を追って屋上に飛び込んだ。

いつもドアが閉まっているので来たことのない屋上は、だからといって特別変わった光景があるわけでもなかった。古びたコンクリの床と、塗装の剝げ落ちた金網のフェンス、ひび割れに細く生えた雑草、そして、空。

その、鍵が閉まっていたはずの屋上に、先客がいた。

屋上の真中に立つ、これといった特徴のないスーツ姿の中年男性。

しかし悠二は、その男が持つ違和感のイメージに覚えがあった。

「あんた、ラミーか」

男は悠二を見て笑った。再会を喜ぶ笑みだった。

「そうだ、坂井悠二。仲直りができたようでなによりだ」

ラミーは目線をシャナに移す。

そのシャナが、ぶっきらぼうに訊く。

「あんたが、〝屍拾い〟？」

「そうだ。初めまして、『炎髪灼眼の討ち手』。それともシャナと呼ぶべきか」

「シャナでいい」

「そうか」

ラミーはわずかに悠二を見てまた笑い、さらに目線を移す。シャナの胸元にあるペンダント〝コキュートス〟、その中に。

「久方振りだ、〝天壌の劫火〟。どうにも、大変な迷惑をかけた」

「構わん。我らの方こそ、庇護下にある〝ミステス〟が下らぬことで世話になった」

渋い顔をする悠二に、ラミーは言う。

「昨日のお節介の結果がどうなったか、見届けておきたくてな。トーチ摘みのついでと来てみた。眠り姫の様子も確かめたぞ。良い子だ、泣かせるな」

「なんの話？」

悠二はギョッとなって、できるだけシャナと目を合わせず、アラストールに言う。

「ア、アラストール、あのことは話してないのか？」

「どう話せというのだ」

「だからなんの話よ、二人してこそこそと？」

ラミーは、そんな彼らのやり取りに笑みを深め、後ろへと下がる。

「ふ、まあこれで、見るべきものは見た。そろそろ行くとしよう。まごまごしていたら、あの戦闘狂たちに捕まってしまう」

「大丈夫か？」

悠二の心配気な表情にラミーは笑いかけ、確たる答えを返す。

「案ずるな、坂井悠二。これまでも上手く逃げてきた。これからも上手く逃げる。望みを果たすまでは、そう簡単には死ねない」

「じゃあ、私たちはケンカ相手を捕まえることに専念しようかな」

「そうしてもらえると助かる」

またラミーは後ろに下がる。

「では、因果の交叉路で、また会おう」

「あ、……」

悠二が別れの言葉を言う前に、ラミーはその姿を火の粉に変えた。

風に吹き散らされ、消えた火の粉は、深い緑色をしていた。

箱庭では、田中と佐藤が全身に冷や汗をかいていた。

（御崎高かよ）

（ちょっと……シャレにならんなあ、これは）

自分たちの生活の一部に抜け抜けと〝紅世の徒〟が入り込んでいる、その証拠が、気配察知の自在法によって暴かれていた。

最初に察知し、波紋を広げた場所は、市立御崎高校の屋上だったのだ。

マージョリーの言うところによれば、〝屍拾い〟はトーチしか喰わないそうだが、それでも、もし坂井悠二や池速人、吉田一美、小林、笹元、宮本、中村、谷川……他のクラスメートたちが実はトーチで、今まさに喰われつつあるかもしれない、そう思うと気が気ではない（実は、佐藤が池との電話を早々に切ったのも、そうだったらどうしよう、という不安の表れだった）。

なにより二人が恐怖しているのは、自分たちの知っている人間が、いつの間にか世界からその存在を欠落させること……自分たちが、その人間がいなくなったことにも気付かず、いたことも忘れてしまう、という事実だった。自分の居場所を、自分が居ることを、若すぎる形で周囲に叫んでいた彼らであればこそ、その恐怖と危機感はより強かった。

彼らがラミーを憎むのは、全く当然のことだった。

その彼らに、マージョリーが松明を通して怒鳴る。

《たぶん、そっち向かっても無駄ね。次の気配察知、行くわ。妙なことが起きてないか、よく見ときなさいよ》

「姐さん、さっき同じ場所で反応したの、昨日姐さんを襲ったフレイムヘイズでしょう⁉」

「そいつは放っといてもいいんですか？」

　ついさっき、気配探知の力が波紋のように御崎市に広がったとき、波紋を揺るがす障害物が二つ、同じ高校内で反応した。小さな一つはラミーで、大きなもう一つは、どういうつもりか知らないが、昨日〝徒〟の側に付いてマージョリーを邪魔した、変なフレイムヘイズだった。
　そのフレイムヘイズが、〝狩人〟とかいう〝徒〟を倒してこの街を救ってくれたらしいことは、知識として得てはいても、実感としてはまるでない。忘れたも同然に、頭から抜け落ちていた。今彼らの前にいるマージョリーの挙動こそが、彼らの価値観の基準点だった。
《放っときなさい、あんな雑魚。ノコノコやって来たらぶっ飛ばすだけよ。それより、鬱陶しいラミーのクソ野郎を嚙み千切る方が……先！》
　マージョリーの気合と共に、再び群青色の波紋が箱庭の上に広がる。それはビルの凹凸を縫って走り、やがて全く思いもよらない市街地の外れに反応を表した。さっきのフレイムヘイズは、そのままいるというのに。
《ふん》
《やっぱり、思いっきりみょーな方向だな》
「どういうからくりなんだ？」
　予想通りの、どうにも奇妙な結果に、マージョリーとマルコシアス、そして田中がうなる。
と、田中に背を合わせている佐藤が、気付いた。
「？……田中、いや、マージョリーさん」

《なによ》
「あの……この『玻璃壇』って、トーチを映すんですよね」
《そーよ、今さらなに》
「トーチってのは、人間の〝存在の力〟の残り滓なんですよね」
まだるっこしい言い方にマージョリーは苛立ち、先を促す。
《そーよ、しつっこいわね。だからなんなのか、はっきり言いなさい》
「今、『玻璃壇』に、鳥が映ってるんです」
《鳥？》
映るわけがない。今、『玻璃壇』は、人間の〝存在の力〟だけを映し出しているのだから。
「それも、たくさんです……学校の周りから」
「本当だ……なんで？」
田中も見た。
御崎高校の周囲から、一羽、二羽、さらにさらに何羽も、間を空けて疎らに、しかし一つ動きとして、鳥が飛び立っていた。
《……ん、……んふ、ふふふ》
松明の向こうから、マージョリーの深く愉快気な笑い声が響いてきた。
《ふ、ふふ、なるほど……で、鳥は、どこに向かってるの？》

二人はその鳥の群れが目指す先を見る。

そこは……

シャナは、自在法の波紋が再び自分を通り抜けた感触に、怪訝な声を上げた。

「なに、あの戦闘狂、もう一度使った？」

「……？」

悠二は、ふと、疑問を持った。

アラストールが、遙か彼方に再び現れたラミーの気配に驚嘆する。

「なんという速さだ、ラミーめ。もう市街の向こうまで移動している。特殊な自在法か？」

同じく、その遠さを感じたシャナが屋上から遠く、市街を見て言う。

「なるほどね、こんなに足が速いのなら、捕まるわけないか……でも、こんな調子で振り回し続けてたら、戦闘狂もあっちこっち飛び回るんじゃないかな。追いかけるのも一苦労ね」

「自在法を使いすぎるか、飛び回って疲れるか、いずれにせよ、ラミーの方に分があるな。本来ならば、その疲れを討つのが定石だが」

「それだと、なんか面白くない。下手に待ちすぎて、トーチを無茶苦茶に消費されたらたまんない」

その、二人の会話に、小さな呟きが加わった。

「……妙だな」

途端、シャナとアラストールは、呟きの主・悠二に注目する。いざというとき、悠二の頭は切れる。もうこれは、二人の共通認識になっていた。本人には決して言わないが。

シャナがワクワクする気持ちを隠して、できるだけ平淡な声で訊く。

「なに」

「さっきのラミー、そこにいる違和感……気配って言うんだっけ、それを少し感じたんだ。一階と屋上、けっこう離れてたのに」

「……？　場所を特定するわけでもなし、その程度、感じて当然でしょ」

シャナは十日ほど前に、悠二がフリアグネの接近を感知したのを見ている。

ところが悠二は、まさにそうだったからこそ、奇妙さを感じていた。

「僕は昨日、初めてラミーに会っただろ。そのときは、実際に目で見るまで、なにも感じることができなかった。そこにいるのを見て初めて、〝紅世の徒〟だって分かったんだ」

「それで？」

シャナは、ただ先を促す。

「ラミーは、昨日、シャナが負けたことも知ってた。なら今日、戦闘狂たちの気配察知が来ることも分かってたはずだ。なのに、昨日よりも気配が大きいなんておかしいじゃないか。相手を疲れさせるためってのも、気配を消せるんなら、やる意味なんてない。アラストール、さっきラミーが街の反対側にいきなり移動した、って言ったよな?」

「うむ」

とアラストール。

「そいつは、さっき見たラミーと同じくらいの気配の大きさで、全く違う場所で、気配察知に引っかかってる……もう一度やったら、また別の場所で引っかかるんじゃないかな」

「気配察知に引っかかっているのは、囮(おとり)だと言うのか?」

アラストールは、この少年の着眼点に、やはり密かに驚嘆した。

そういえば、ラミーはトーチの中に寄生する、特殊な〝徒(ともがら)〟だ。優れた自在師でもある。その彼の特殊な自在法というのが、実は移動などではなく、囮を使うことだとしたら。

「たぶん戦闘狂は、そうやってかわされ続けて来たんだと思う。ラミーは、ずっとつけ回されている、って言ってた。素早く動けるなら、なぜ、逃げ切れなかった? それはラミーが、全体としては動いていないことを意味しているんじゃないのか?」

さすがのアラストールが、納得の唸(うな)り声を上げた。

「むう……なるほど、たしかに素早い移動などよりも、辻褄(つじつま)は合うな」

「あいつらは二つ目の気配に向かったのかな」

シャナが、だんだん心中を隠しきれなくなってきた。また遠くの、スモッグに曇る市街の方角を見た。今すぐにでも飛び出したかった。悠二を連れて。

　その悠二は首を振る。自分で出した結論に焦燥感が湧き上がっていた。

「……いや、今までさんざん振り回されてるはずなのに、今日に限って二度しか気配察知を使わないってのは、おかしい」

「じゃあ、なにか状況に変化が……？」

「うん、たぶん」

　悠二は頷きつつ思う。

　自分が昨日出会ったラミー。周囲への気配を完全に断っていた存在。おそらくは、それこそがオリジナル。彼は今、どこにいるのか。心当たりは……ある。

「詮索は後だ。市街に向かおう、シャナ。下手をすると、すぐにでも戦闘が始まる。アラストール、ラミー自身の戦闘力は？」

「自身の存在たる気配を感じさせず、持てる〝存在の力〟もトーチに寄生する身だ。ないに等しいだろう」

「やっぱり。早く行こう！」

「――ん」

「シャナ？」

　悠二は怪訝な顔をシャナに向けた。彼女のことだから張り切って走り出すと思ったのに、どういうわけか今、その表情には迷いの色がある。

「〜うん、急ぐ」

短く、無愛想に答えて、シャナは悠二に背中を見せた。彼女の向いた先は、出口ではなく、市街方向のフェンス。鞄を放り捨てて言う。

「跳ぶから、つかまって」

「へ？」

「おまえの速さに合わせて走ってたら、間に合わないかもしれないでしょ！」

悠二は、後ろを向いている少女の耳が真っ赤になっているのに気が付いた。

道理からすると、彼女の言うとおりなのだが。

「……え、と、いい、のかな？」

初心な少年としては訊かずにはいられない。

「いいから、はやく！」

「うん、それじゃ……ごめん」

悠二は鞄をシャナのものと重ねて置くと、その背中から恐る恐る、たすきがけの要領で腕を回した。自分の胸ほどまでしかない少女に屈んで抱きつくという、ひどく間抜けな格好になる。

長い髪と柔らかい体、少女の匂いに埋もれて、場違いな動悸を押さえきれない。なにより、体の前で結んだ両手が、微妙な場所に当たるのが困る。といって動かせば、それはそれでなんだかいやらしい気が……

「もっと強くつかまって。振り落とされるわよ」

ほんのすぐ近く、頬も触れ合う距離で、シャナが言う。

「う、うん、もっと強く……！」

悠二は、何気なく口にしたその言葉で、不意に気持ちが高揚するのを感じた。

シャナも答える。同じように、声の調子を上げて。

「そう、もっと強く！」

「うん、もっと強く!?」

「そう、もっと強く!!」

二人はまるで魔法の呪文のように大声を交わし、しっかりと結びついた。

シャナは息を吸い込む。

その小さな胸いっぱいに力が漲るのを、悠二は腕の中に感じた。

そしてシャナは、その全てを空に放つように叫ぶ。

「行くわよ!!」

言うや、シャナの足裏に紅蓮の爆発が起き、
二人は一瞬で、空の点となった。

なるほど、『ラミーはトーチに寄生している』、それが答えだったのだ。

自分を、ごく微量の〝存在の力〟で維持できるほどに弱いピースに分け、それを数多くのトーチの内に宿し、他のトーチの回収に当たらせる。

そして本体、恐らくほとんど気配を察知できないほどに小さな、自身の核たるそれの元に、回収用のトーチをうまく偽装した運搬手段……今なら鳥でチマチマと集め、溜め込む。

まさに技巧の粋、この世に存在する方法さえ繰って御す、卓抜の〝自在〟師。普通なら、見破ることはまず不可能だったろう。

だが、今回こっちは、普通ではなかった。

かの〝祭礼の蛇〟による広域監視用の宝具『玻璃壇』が、その技巧を看破したのだ。

（命運が尽きるってのは、こういうことなのね）

旧依田デパートの屋上に立つ美麗長身の姿から、群青の火の粉が風に吹き散り始める。

「二人とも、見てるわね？」

《はい、ちゃんと》

《全部目的地に入ったら、でしょう？　分かってますよ、姐さん》

「よし」

ラミー本体の気配が小さすぎて分からなくても、居場所がある程度限定できれば、その弱点を突いた戦いようはいくらでもある。
「マルコシアス、一気にケリをつけるわよ！」
「ああ、やっとこさだな、我が高き誇り、マージョリー・ドー！」
ズバッ、と彼女の足下から群青の炎（ほのお）が燃え上がって、その身を包む。〝蹂躙（じゅうりん）の爪牙（そうが）〟マルコシアスのフレイムヘイズの証である炎の衣『トーガ』、そのずんぐりむっくりの獣（けもの）のような頭部に一線、ぱっかりと牙（きば）だらけの口が開いた。
《姐さん、今全部、真南川（まな）を渡りました！》
《あと、一分くらいだと思います》
虚（うつ）ろな口の奥から、マージョリーの声だけが響く。
「そう…………ありがと」
唐突な、礼。
《へ？》
《マージョリーさん？》
「あいつをブチ殺したら、お別れよ。もう『玻璃壇』も用済みだし。そっからの抜け出し方は覚えてるわね？」
一瞬の、間。
《……姐さん！》

《そんな、ずるいですよ！　こんなときに！》
「うっさいわね。さっきのは酒のお礼！　ガキンチョの相手はもう懲り懲りなの！」
《こ、ここまで教えといて、あとは知らん振りですか!?》
《そうですよ！　マージョリーさん、俺たちも》
「お黙り!!　〝徒〟なんて、そう度々現れない。一生会わないのが普通。あんたたちはもう、一度会ったから……たぶん、大丈夫よ」
答えが返ってこない。
絶句しているのだ。
その声の空白に、なぜか異常な寂寥感を覚えて、マージョリーは居丈高に付け加えていた。
「またいつか、飲みたくなったら寄せてもらうわ。酒、補充しとかないとひどいわよ」
《……》
マージョリーは、依然続く沈黙をブチ破るように咆えた。
「っさあ、鳥はどうなってんの！　その程度もできないの!?」
《今、最後の三……》
田中の声が、湿って途切れた。
そして、佐藤が受ける。

《一……全部》

「じゃ、ね。私にしちゃ珍しく……楽しめたわ」

「火なき生あれ、ご両人、ヒアッハー!!」

屋上が、凄まじい跳躍の反動に震えた。

封絶がないために伝わった揺れが、玩具の山を鈍く走り、松明を消した。

砲弾のような軌道を描いて、群青の炎が御崎アトリウム・アーチへと飛ぶ。

6　〝蹂躙の爪牙〟

「殺す殺す殺す殺す殺す殺す殺す殺す！　〝紅世の、っ徒〟あー!!」

「ヒャーッハーッハーッハー！　殺すぜ、壊すぜ、食いちぎるぜぇ!!」

飛翔するマージョリー・ドーとマルコシアスの雄叫びに乗って、その行く手、御崎アトリウム・アーチで自在法が発動する。

その周囲にある外構庭園に、円形中空の自在式が燃え上がり、ビル全体を円柱状の壁が覆ってゆく。壁が閉じると、内に囚われた人々が全て止まった。

世界の流れから切り離すことで内部の人間を静止させ、また同時に外部から隠す、〝紅世の徒〟とフレイムヘイズだけの舞台、因果孤立空間〝封絶〟の現れだった。

その封絶へと飛び込み、さらにビル上層の壁面を貫いて吹き抜けへと踊り出たそれは、四本のアーチ、その天井に掲げられたステンドグラスを足下に敷いて燃え滾るそれは、群青色の、殺意の塊。

この、マージョリー特製の巨大な封絶は、その内部に群青の火の粉を吹雪のように舞わせている。それを構成する〝存在の力〟は、ビルの中にいるトーチで賄われていた。あちこちでトーチが弾け、また飛び散って群青の火の粉となり、封絶の中を埋めてゆく。

（この中に、いる）

（クソ野郎、どこだ？）

気配が小さかろうと、もう関係ない。この中で動くモノがあれば、それすなわちラミーなのだ。動かなければ、他のトーチ同様、この封絶を維持するエネルギーとして……と思う間に、

「見ーっけた」

マージョリーが見る、その視覚が形となるように、とある場所に満ちていた火の粉が固まった。それは、マージョリーのものを象った、群青に輝く大きな瞳となる。

またその下に火の粉が固まって、群青に燃える牙を噛み鳴らす大きな口となる。マルコシアスの声で、その口が轟と咆えた。

「会いたかったぜぇ～っ？　〝屍拾い〟!!」

これら目と口が浮かぶのは、吹き抜けを見下ろす屋上。

幾何学の波のような、ガラスの大天蓋。

その上に、一人の老紳士の形をしたトーチが、鳩の群に取り巻かれて立っていた。封絶の干渉にびくともしないそのトーチは、ただ、ステッキを前に突いたまま直立している。

ステッキに添えられた枯れ枝のような手に一瞬、強い力がこもる。

（……使うか、いや……）

思いとどまる老紳士、その数メートル前に浮かんでいた瞳と口が、大天蓋を下から吹き上げ破った炎と直結した。その群青の火柱は、やがて凝縮して一つの姿を取る。

ずんぐりむっくり、着ぐるみじみた、炎の獣。

ジャリン、と擦るような音を立てて、強化ガラスの床をそれは踏む。

獣は不自然な大きさ広さを持った手を、両脇に翼のように広げ、言った。

「こおんにちは、〝屍拾い〟ラミー。あなたの滅びが来たわ」

鋭い牙を並べた口が、笑みの形で声を吐く。

「ヒッヒ、熱いベーゼを受け取りな。一生一度の激しさだ」

「…………」

老紳士・ラミーは、無言のまま、ステッキを右の小脇に挟みこんだ。その棒のように細い左腕を前に、指まで水平に差し伸ばす。

「あら……やる気？　そんな、か細い存在でぇ？」

殺意に酔う恍惚とした声で、マージョリーは言う。

「いーぜえ、いーぜえ、やるのは勝手だ。結果は変わりゃしねえ」

嘲るマルコシアスの声を聞き流しつつ、ラミーは指を開き、重く告げる。

「……惑え」

まるでそこにオルガンの鍵盤でもあるかのように、ラミーは指を空に一流れ、弾いた。

刹那、彼を囲んでいた鳩の群れが、その形を擬態していた〝存在の力〟が、一斉に弾けた。

「ん⁉」

「おう？」

突然、マージョリーたちの視界に異常が起きた。腕で一薙ぎにできる位置にあったラミーの姿が遠ざかったのだ。大天蓋の強化ガラスが、周囲の光景ごとグニャリと波打ち、歪む。

弾けた鳩は純白の羽根となって無数乱舞し、青い火の粉を打ち消してゆく。ほどなくその乱舞は、ラミーどころかマージョリーたちをも囲み、一帯の空間を占拠するまでになっていた。

「ははあ……」

「お見事、お見事、ヒー、ハー！」

二人はその、美しいとも言える光景を演出したラミーに賞賛の声を放り、

「で、これでなにが」

言う間に獣は仰け反って腹を脹らませ、

「できるんだぁ、ッハ――!!」

自分の足下に、獣は口からの炎を吹きつけた。群青の灼熱が溢れ、羽根を焼き払ってゆく。

その数の減るにつれ、ラミーの姿が近付き、周囲の空間の歪みも元に戻ってゆく。

全く呆気なく、彼は攻撃の間合いに帰ってきた。

「終わぁ」

「りだ!!」

連なる雄叫びとともに、〝徒〟を叩き潰すべく、太く長い腕が振り落とされた。

結局、最初から一歩も動かなかったラミーは、苦渋の表情でその一撃を見上げる。

そして、裂けた。

真っ二つに。

獣の長い腕が。

「――!」

「――?」

獣の振り落とした長い腕が、縦真っ二つに裂け、飛び散っていた。

彼らの前に、群青の炎に負けない銀の光が一線、天地を指して輝いていた。

その銀の輝きは、峰を見せ、真上に振り上げられた大太刀。

ラミーの前に降り立った何者かが、振り下ろされた腕を斬り上げ、真っ二つにしたことを、マージョリーとマルコシアスはようやく理解した。

火の粉が華麗に舞い咲く。

跳躍と斬撃の余韻に長い髪が揺れる。

大太刀の向こうから、双眸が彼らを見据えている。

全て、同じ色。

紅蓮の煌き。

一人のフレイムヘイズが、ラミーの前に立っていた。

シャナは大太刀『贄殿遮那』を横に払った。その刀身から群青の火の粉が、まるで血飛沫のように散る。

「こ、こ、こんにちは、〝蹂躙の爪牙〟マルコシアス。それに、『弔詞の詠み手』マージョリー・ドー」

言う間に大太刀を引き戻し、再びの構えを取る。

「改めて名乗るわ。私は、〝天壌の劫火〟アラストールのフレイムヘイズ」

動作につられ、黒衣がゆらりとなびく。

「『炎髪灼眼の討ち手』……名前は、シャナ」

まさに誇るように、シャナは名乗った。

そして、フレイムヘイズとして堂々と告げる。

「さあ、選んで。この〝屍拾い〟ラミーに手を出さないと誓うか、それとも」

大太刀の切っ先で、獣の鼻先を指す。

「痛い目を見て反省するか」

「ふん、なにを偉そうに——っ!?」

鼻で笑いかけて、マージョリーは絶句した。

シャナの後ろ、ラミーの前に、見たこともないトーチが立っていたのだ。その少年の形をしたトーチは、ラミーを後ろにかばって下がらせている。ただのトーチが封絶の中で動けるわけがない。となれば答えは一つ。

「〝ミステス〟だとお?」

マルコシアスも、今さら現れた、わけの分からない闖入者に驚いた。

助けられたラミーも、彼女らに負けず劣らずの驚愕を顔に表している。

彼が使った、周囲に羽根を舞わす自在法は、自分が逃げるためのものではなかった。この封絶の発動を感じ飛び込んでくるであろう者、『炎髪灼眼の討ち手』の接近を、マージョリーに察知させないためのものだった。

それは結果的に上手くいったわけだが、しかしまさか、坂井悠二まで現れるとは思っていなかった。それも、封絶の中で動いている。いかに〝ミステス〟とはいえ、そんなことができるモノは、そういない。

「日々を暮らし、封絶の中で動く……そうか、君は……!」

「こ、こ、込み入った話は、ああ、後でね。とにかく、今は」

跳躍への同行で未だに視界が揺れている悠二は、ラミーを背に隠し、じりじりと後ずさる。

それを追おうと一歩踏み出したマージョリーは、わずかにずらされた足で通せんぼされた。

灼眼が彼女らを睨み据え、小さな口が再び告げる。

「手は、出させない」

そのシャナに答えるべく、マージョリーはトーガの中から顔を出した。こちらは、凄まじく険しい顔と声で言う。

「なに、今さらあんたみたいな雑魚が、私たちを止められるとでも思ってんの?」

斬られた腕が燃え上がり、なんでもなかったかのように再生する。

「今度は火傷じゃ済まねえぜぇ? ヒャッヒャ」

それらの嘲弄に、しかし今のシャナは笑って返すことができた。

さっきの一撃の冴えも、ここに飛んでくるまでの跳躍の力も、全て昨日とは違った。

(なんでもできる、なんでもできる)

胸の奥、体の芯、足の底から、力がそう叫ぶように湧き上がっていた。

大太刀に灼眼が映え、笑みが頬に強く刻まれる。

「ぐじゃぐじゃとくっちゃべってないで、早く答えて。ラミーに手を出さないと誓うか、痛い目を見て反省するか」

マージョリーの眉が、さらなる不快の線を描く。

「……昨日みたいな目に遭っても、まだ〝徒〟を庇い立てするってわけ?」

シャナの答えは簡潔だった。

「そうよ。彼は無害だもの」

「ふん、あんたも身内贔屓な〝王〟たちと同じことを言うわけね、『〝徒〟の中にもいい奴がいる』なんてふざけたことを」

今度はシャナが、ふん、と鼻で笑った。

「言い争う気はないわ。おまえを教育してやる義務も意欲もない」

剣尖越しに、ただ声をやる。

「おまえが、私の使命遂行の邪魔をするかどうか。それだけ」

「……チビジャリが!!」

マージョリーの怒りを示すようにトーガが燃え上がる。その中に彼女の怒れる顔が呑まれ、声だけがパックリ裂けた口の奥から響く。

「決めたわ。今度は逃がさない」

「ブチッ殺すぜ!!」

シャナはその死刑宣告にも、真っ向から笑って答える。

「できるものなら、どうぞ」

獣が、鋸のような牙でギリギリと歯軋りした。

「く、くく……あんた、すんごく、ブチ殺し甲斐があるようになったわね……」

「全くだ……ヒッヒ……さあ、殺るぜ、殺るぜ……殺るぜぇっ!!」

咆哮と共に、トーガの太い両腕が、前ではなく、両脇に広がった。

シャナは前の戦いのように突進せず、相手の動くに任せる。ほんの数秒で、伸びた腕は彼女を大きく囲んで燃える、群青の円を描いていた。灼眼で、それを軽く一舐めする。

「……ふん」

後方の悠二とラミーは、この円の外にあった。マージョリーらの敵意は自分だけに向けられている……挑発によって狙い通りの状況を得たシャナは、薄く満足を顔に表す。

と、正面に立っていた獣のシルエットが揺らぎ、分裂する。分かれた影がまた分かれ、円に重なって立つ獣の数はどんどん増えてゆく。

シャナは、自分が十を超える獣に取り囲まれているのを知った。

その獣たちが、それぞれ大口を開けて歌い、笑う。

「**サリー、お日様のまわりを回れ! あっはっは!!**」

「**サリー、お月様のまわりを回れ! ヒャッヒャッヒャ!!**」

耳障りに重なり響く声にも、シャナの心は動じない。

「……」

輝きを強める灼眼が、それらの声の源を看破する。

しかし、それと分かっても、シャナはいきなり仕掛けない。マージョリーらの意図、そこから起こる戦いの流れがどこに向かうかを、理性と本能で感じる。以前のように無謀に突っかかることで、こっちから余裕をなくすような真似は、もうしない。

　その半秒にも満たない間、感じた閃きが道をつけてから、ようやく動く。

「……さて」

　なんということもなく突然に、シャナの足裏に爆発が起きる。神速、自分を取り囲む獣の一匹に迫り、斬撃を大上段から振り下ろす。

　その獣は両腕を交叉させて、この一撃を受け止めた。

「ア・タ・リッ!?」

　シャナは相手が言う間に、再び足裏を爆発させた。軽業のように、相手の腕と大太刀の交叉を支点に宙を舞う。マージョリーの頭上を飛び越える間に、背後で炎の円が彼女の元に集束していた。どこに打ちかかっても、この閉じる円による攻撃を全周から受けていたのだ。

　しかし今、シャナがいるのは円の外、つまりマージョリーの、

「後ろだ！」

「つく!?」

　マルコシアスの叫びを受け、マージョリーは思わず屈んだ。その頭上を刃が通り抜ける。切り落とされた獣の耳が宙に残され、火の粉となって散った。

（速い!!）

マージョリーは次の攻撃を警戒して、横っ飛びに跳ねた。ついでと、振った腕の先から炎の弾を数十、ばらまく。

シャナは斬撃の勢いのまま体を横に回転させる。その動きの内に黒衣で体を覆い、飛来する炎の弾を弾く。弾が全て通過した、その瞬間に体を現す。横の回転力は死んでいない。

「っは!!」

その勢いに踏み切りの力を足して、再び低くシャナは跳ぶ。横の回転力を、斜め下からの逆袈裟斬りに変えて、獣に追いすがる。

(自在法を練る間がねえ、くそっ!)

マルコシアスはたまらず炎を吹いた。周囲を熱で埋め尽くし、シャナの接近を拒む。

大天蓋の強化ガラスが群青の炎に炙られ、泡立ちながら黒く焦げた。

シャナは、この眼前に広がった炎を避けるため、踏み出した足で床を打って飛び下がった。

やがて、膨れ上がった白煙と異臭が薄れ、両者はやや間を取った、再びの対峙に戻る。

マージョリーは、今度は顔を出さずに言う。

「あんた、一体なに?」

今のシャナには、前の戦いでの稚拙さが欠片もない。全くの別人としか思えなかった。

問われたシャナは、大太刀を構えて、静かに答える。

「ただのフレイムヘイズよ。世界のバランスを守る、ただの、フレイムヘイズ」

まるで自分たちがそうではない、と指摘するかのようなシャナの口振りに、マージョリーは言い知れぬ腹立ちを覚えた。その怒りのまま、まさに火を吐くように言い返す。

「私たちの使命は、〝徒〟の討滅よ」

シャナはやはり静かに答えた。

「違うわ。この世と〝紅世〟のバランスを守ることよ。〝徒〟の討滅は、その一手段に過ぎない」

そして、表情に冷笑が加わる。

「私は、この世の害となる〝徒〟を討滅してる。おまえは、殺したいから殺してるだけ」

図星を指されて、マージョリーは激昂した。

「!!……なにも知らないチビジャリが!」

憎悪と怨嗟を込めた声に、しかしシャナは即答する。

「そうよ。おまえの事情なんか知らない。知ろうとも思わない」

冷笑は変わらない。

「ただ、おまえ、迷惑なのよ」

「――っ!!」

今度こそ、マージョリーは言うべき言葉を封殺された。理屈で打ち負かされても、いや、打ち負かされたからこそ、感情の炎はより大きく燃え上がる。

(マージョリー)

(……大丈夫よ)

マージョリー・ドーの戦闘者としての恐るべき点は、憎しみと破壊衝動に燃え上がっていても、いざ取る行動が短絡的な猛攻にならないところにあった。相手をブチ殺すために、もっとも効率的な戦法はなにか、その思考はひたすら冷徹に巡らされる。

チビジャリが変わった理由はなんだ、前となにが違う、奴自身の外見、戦闘様式に特段の変化は見られない、なら、この圧倒的な強さの要因は内的なものではないか、今の、この戦場で、それを引き起こしたなにか、それに関連するなにかを揺さぶる手段はないか。

(あった)

トーガの奥で、マージョリーは笑う。

そうだ、一緒に飛び込んでくるくらいだ、よほど頼りにしているのだろうが、所詮はトーチ、見れば〝存在の力〟も常人並み、できることもラミーのお守り程度だ、そう、あのクソ野郎もろともに片付ければ、動揺するに違いない……。

自在法を流れに乗せる即興の呪文が、裂けた口の奥から漏れ出る。

「……**縁の芝に雨よ降れ**」

今のシャナは、攻撃の仕掛けに簡単に乗ってこない。

この場合、それはマージョリーにとって好都合だった。

「**木にも屋根にも雨よ降れ**」

一瞬の溜めを置いてから、叫ぶ。

「**私の上だけ、避けて降れ!!**」

突然、彼らの立つ屋上の周囲で、群青の炎が膨れ上がった。その爆発の如き膨張は壮絶な圧力で、御崎アトリウム・アーチの上層階を縁からグシャグシャに砕いてゆく。

マージョリーは、封絶内に散っていた群青の火の粉を密かに屋上付近に集結させ、今、それを一挙に破壊の力へと変換したのだった。

荒れ狂う群青の炎による強大な圧力が、建材を歪め、砕き、巻き上げてゆく。その、大破裂とでも言うべき破壊のうねりが、屋上にあるもの全てを呑み尽くさんと、凄まじい勢いで周りから押し寄せてくる。

悠二とラミーは、戦いを避けて下がっていたため、その大破裂の間際にあった。

その様子を、呪文通りに小さな安全空間を作って籠もるマージョリーが、ほくそ笑みつつ眺める。

(さあ、あのトーチの小僧を守るなり、その消滅に動揺するなりしなさい、そうすれば……)

そうならなかった。

(————な!?)

群青の大破裂が、悠二とラミーの周囲だけを、避けた。

マージョリーは見た。

悠二が、引っかかった、という強かな笑みを彼女に向けたのを。

「ッマージョリー!!」

「つは!?」

マルコシアスの叫びで我に返ったマージョリー、
その眼前に、大太刀を突き込んでくるシャナの姿が。

このマージョリーの驚愕の隙を突くために、シャナは攻撃の仕掛けを待っていたのだ。彼女には、悠二が絶対に大丈夫だと分かっていた。だから待つことができた。

大太刀が獣の腹を深々と刺し貫いた。長い刀身が背中まで一気に抜ける。

「!!」

マージョリーは、信じられないものを見るような目で、すぐ下に煌く灼眼を見下ろした。

強烈な戦意に燃える、灼眼の持ち主の顔を。

「つはあっ!!」

鋭く一声、シャナが咆え、轟音とともにトーガの半身が吹き飛んだ。その中にあったマージョリーの体も半分だけ露出し、大太刀を辛うじてかわしていた右脇腹が衝撃に裂ける。

「つぐ、うあっ!」

マージョリーは必死に跳び下がろうとするが、その前に、周囲に迫っていた破壊の波が、力の制御を乱した彼女の周囲にもなだれ込んできていた。

「つう!?」

マージョリーが気付けば、シャナは黒衣の内に身を隠している。

「ちいっ!!」

マルコシアスが必死にトーガを修復する。

が、その作業をも巻き込んで、群青の大破裂は屋上を、ガラスの大天蓋を、ビル上層階を、磨り潰すように打ち砕いた。

「わわわっ!?」

その炎の嵐の中、悠二は無傷で守っていた周囲の空間ごと、屋上の崩落に巻き込まれた。

彼らを支える床だった大天蓋の強化ガラスが、その下の梁ごと崩落する。

「君には驚かされてばかりだ」

その傍らに立つラミーが呑気に言う間に一瞬の浮遊感、次いで落下の感触が襲ってくる。

「タネも仕掛けもあるーっわあぁ!」

ガラスの大天蓋が二人を混ぜて、吹き抜けの中を光の豪雨のように砕け落ちてゆく。ほどなく、真下に交叉する四層のアーチが、彼らを乗せた強化ガラスの板に激突した。その衝撃で二人は宙に放り出される。

「つわあ!?」

「むっ!?」

ラミーは悠二に手を伸ばすが、届かない。

落ちる、という悠二の恐怖は、一瞬だけだった。

その目がとらえていた。

強化ガラスの豪雨の中、どこかを蹴って跳んだらしいシャナが、ラミーを突き飛ばしてアーチの上に落とした。そのまま悠二にも同じように手を伸ばそうとする、が、

「危ない!!」

悠二は先に、その差し出された手を握った。彼の胸に下げられた宝具を中心に、火除けの結界が発生する。数秒遅れて、撃ち放たれていた数十もの炎の弾が、結界に弾き飛ばされた。

「悠二、落ちる!『アズュール』の結界解いて!!」

そう、これが彼女らの隠し玉。悠二は〝狩人〟フリアグネの討滅以降、彼が残した火除けの指輪『アズュール』を紐に通して首にかけていたのだ。

「まだだ、シャナ!」

アラストールがそれを制した。

頭上、ガラスの豪雨越しに見えた。

アーチの下、爪を鉄筋に食い込ませたトーガの獣がぶら下がっている。

今結界を解けば狙い撃ちされる。まずい状況だった。

マージョリーが自分たちを狙えなくなる位置に移動すること、それはつまり、彼女がラミーを襲うことだった。しかし今結界を解けば、落下の衝撃を殺す間を得られないまま、彼女の攻撃を受け続けることになる。落下と攻撃、双方への対処の中では、悠二の身がもたない。

ならば待つ、とシャナは決める。

今の不利な状況を受け入れ、それを打開する勘が戦いの流れの中で閃くのを待つ。

焦れることなく、静かに、しかし自分の全てを動員して、待つ。

一秒あったかどうか、まずい状況は遠慮なく、すぐさま進展する。

マージョリーがズタ袋のような体を振って、ラミーのいるアーチの上に登ったのだ。

しかしそこから、全てが流れ出す。

シャナは自分から握るように手を繋ぎ直すと、共に落ちる少年に叫んだ。

「悠二、結界解いて！」

「わかった！」

火除けの力が失せる。シャナは、足裏の爆発で落下の衝撃を殺しながら着地するべきかどうか考える。結論は否。それではラミーの危機を救うのに間に合わない。

そう考えるわずかな間にも、吹き抜けの底、黒い大理石に薄く水を張った噴水池が近付いてくる。先に落ちた強化ガラスと建材で埋め尽くされた、それは光の奈落。

しかし、窮地の緊張が、燃え上がる戦意が、使命感が、そして悠二が、少女の内に、

（なんでもできる）

という確信を漲らせる。その確信を糧に力が湧く。

そして、湧き出す莫大な力を受け止め、広げるだけの……いつかどこかで感じた『巨大な自分』のイメージが、少女の存在に変化を及ぼす。

（なんでもできる！）

炎髪の撒く火の粉が、叩くような落下の風の中、彼女の背で渦巻く。

手を繋ぎ共に落ちる悠二は、驚きに目を見張った。

（なんでも、できる!!）

その紅蓮の渦は一瞬で燃え広がり、双の翼となっていた。それはまるで、いつかのアラストール顕現の姿を見るような、炎の翼だった。

呆気に取られる悠二をよそに、その翼は紅蓮に煌いて、シャナに空征く力を与える。

ところが、悠二はあることに気が付いた。大声で叫ぶ。

「か、加速、加速してる！　下に!!」

さっきとは比べ物にならない勢いで、ガラスや建材の刃先を並べた光の奈落が迫っていた。

「黙って！　まだ上手く制御が……」

「って言ったってえええわあああ――――っ!!」

悠二の視界が高速で歪み、捻れ、流れた。それが転進の光景だということを、右腕が与える、ほとんどもげる寸前という激痛とともに体感する。

光の奈落が、水蒸気爆発を起こして弾けた。

その膨張の中から、紅蓮の光跡を引いて、シャナと悠二は直上に舞い上がった。

「悠二！　体にしがみついて！」

光景の変転と衝撃に呆然としていた悠二を、シャナの声が引っぱたく。

「えっ⁉」

「『贄殿遮那』が振れないでしょ‼」

「あ、ああっ‼」

痛む右腕を引かれ、真ん前の小さな体に必死にしがみつく。なにを感じる暇もない。

もう、眼前にアーチの最下層が、すぐ通り過ぎ、一瞬で最上層に。

この二人の唐突な出現に、今まさにラミーに襲い掛からんとしていたマージョリーが、ギョッとなって振り向く。

その体を、上昇する速さに任せて、シャナは大太刀を上へと振り抜き、
既に斬っていた。

「――――ッ⁉」

紅蓮と群青の火の粉が混じり合う斬撃の跡を体に一線、

「なんだとぉ⁉」

刻まれたマージョリーは、マルコシアスは、たまらず仰け反り、見上げた。

打ち砕かれ、開けた天井に、紅蓮の双翼を大きく広げ飛翔する『炎髪灼眼の討ち手』を。

その仰け反った視界は急に速度を増し、流れ始める。

逆さまに。

今度はトーガの獣が、群青の火の粉を撒いて、落ちた。


佐藤啓作と田中栄太は走る。

平穏の薄皮をかぶった世界を、しかしもはや、その向こうを見る術のない二人は走る。

二人はマージョリーを探していた。

彼女は行った。それは駅の近く。自分たちもよく知っている場所。

なのに、思い出せない。

どこへ向かっているのか分からない。

なぜ分からないのか、その理由だけは分かっている。

封絶のせいだ。

あの自在法が、取り囲んだ場所と外の世界との繋がりを断ってしまった。そのため、外にいる者は、そんな場所などない、と認識してしまっているのだ。

探して見つかるはずのないその場所を、それでも二人は探さずにはいられなかった。

会ってどうするのか、なにか言えるのか、なにかできるのか、そんなことは分からない。

ただ、会いたい。

なぜそう思うのか、理由さえ分からない、その気持ちだけが、彼らを衝き動かしていた。

その二人の必死の形相に、道往く人々は怪訝な、あるいは恐ろしげな顔をして避ける。

もちろん二人の目には、そんなものは映らない。映るのはただ、マージョリーの姿のみ。だが、それがない、どこにも。だから彼らは走り続ける。息を乱し、足をもつれさせて、それでも走り続ける。

そんな半ば朦朧とした意識を抱えて、駅の構内を通り抜けようとした二人は、彼らの前を塞ぐ雑踏が急に静かになったことに気付いた。

立ち止まって見れば、前の雑踏、その全員が体を一杯に引き攣らせている。

不意に、誰かが叫んだ。言葉にならない叫びだった。それにつられてか、叫びは誘爆のように人々の間に広がってゆく。内で破裂した感情を外に吐き出すような、恐るべき絶叫が駅構内を震わせ、渡る。

佐藤は肩で息をしながら、その不気味な様を眺める。

「ハア、ハア、な、なん、だ……？」

「あれ見ろ！」

彼に比べてやや余裕のある田中が、その肩を掴んで体を引き起こした。

佐藤も見た。

捜し求めていたものの欠片を。

群青の火の粉が、駅の向こう側からチラチラと風花のように舞い込んでいた。

「ど、どこから、だ?」

「分からねえけど、どうせこの近くだ、行こう!」

絶叫の上がる構内を、再び二人は走った。

その叫びがなにを意味するのか、なぜそうなったのか、自分たちもそうなるのではないか、
そんなことは、全く考えなかった。

ただ、マージョリーを探す、それだけしか頭になかった。

そして、そんな彼らにも群青の火の粉が、
このすぐ向こう、御崎アトリウム・アーチを覆う封絶から零れ落ち始めた火の粉が、
触れた。


最初から、大事なものなど、なにもなかった。

全てを奪われて、生きていた。

だから、私から全てを奪った、そこにある全てを、
壊して、殺して、奪って、嘲笑ってやろうとした。

そのために長い時を耐え、我が身に代えて用意を整え、周到に慎重に準備した。

そして、そこにある全てを、壊して、殺して、奪って、嘲笑ってやろうとした、
まさにそのとき、
銀の炎。

奴が現れた。

奴は、全てを知っていた。

奴は、私に見せつけた。

奴が壊し、殺し、奪い、嘲笑うところを。

奴は私に告げた。

私が壊し、殺し、奪い、嘲笑うはずだったもの、私の全てが、〝存在〟ごと、消えると。

それを見せつけるため、本来は感じることのないその消滅を、私に見せているのだと。

そして、私の目の前で、私に残されていた全ては、消えた。

私は、空っぽになってしまったことを知らされた。

残されたものは、なにもない。

本当に、なにも。

瀕死の私を前に、銀の炎が嘲笑う。
（……せめて……）
無様な私を見下して、こいつだけでも、こいつだけでもいい……）
（……せめて、こいつだけでも、こいつだけでもいい……）
惨めな私の全てを否定して、銀の炎が嘲笑う。
（……こいつの、全てを、壊させて!!　ッブチ、壊させてよおおおっ!!）
砕けた石塀、焼け落ちた梁、濛々たる黒煙、煤と血に塗れた自分の腕、
目の前を、付近を、彼方を埋める、赤い炎、
その死の眺めの中に、
（——いいとも——）
声が響いた。
（——いいとも、空っぽの器、群青の映える、綺麗な器——）
深く渦巻き、広がり満ちる、どこかから。
（——ブチ殺しの雄叫びを上げて、俺を呼べ、俺の求めを満たす、麗しき酒盃——）
なんでも良かった、誰でも良かった。
だから私は上げた。
憎悪の声を、怨嗟の唸りを、狂気の悲鳴を、破壊の雄叫びを、

その息が途切れたとき、私は立ち上がっていた。
石塀を踏み砕き、焼け落ちた梁を突き破り、濛々たる黒煙を吹き払い、
全てを埋める、赤い炎を眼下に敷いて。
私は、変わっていた。
美しい群青色に燃える、巨大な……

異変に気付いたシャナは再び悠二とラミーの手を取り、吹き抜けから空へと舞い上がる。

その飛翔に引かれ、上へとすっ飛ぶ悠二は、眼下の吹き抜けを一杯に埋めて、群青色の炎が湧き上がってくる光景を見た。

その炎の先端にある長く太い鼻面が、四層のアーチを一息に噛み千切り、その勢いのまま吹き抜けの終点へと向かう。

彼女らが脱出し距離を取った後方、御崎アトリウム・アーチの屋上を火口に、まるで噴火するかのように炎が膨張した。それはやがて、一つの形を取る。

悠二は畏怖を声にした。

「狼……！」

それはあまりに巨大な、群青の炎でできた狼だった。前足で崩壊した上層部を踏み砕き、窮

屈そうに上半身を引きずり出す、巨大な狼。

〝蹂躙の爪牙〟マルコシアス、その本性の顕現だった。

やがて、アーチをも軽く噛み千切った顎が、ゆっくりと中天に指し向けられ、

「オオオオオオオオオオオオオオオオオオオオオオオオオオ——————!!」

唐突に咆哮が上がった。

鼓膜を打ち震わすその吼え声は、まるで空気の怒濤。

御崎アトリウム・アーチのガラスが吹き飛び、静止していた人々が打ち倒された。

それは空中、距離を取っていたシャナたちにも襲い掛かる。

「ううう、わ、わっ、っ!?」

シャナに手を引かれ宙にぶら下がっていた悠二は、それをまともに受けた。体が、震えるというより、揺さぶられる。肺から腹から骨さえも、この音の暴力に翻弄された。

その悠二の、シャナを挟んだ反対側、今は自分の力で宙に浮くラミーが、こちらは涼しい顔で天を振り仰ぐ。

「いかんな。深手を負ったフレイムヘイズが暴走している。このままでは封絶が解けるぞ」

悠二が衝撃の中で見れば、なるほど、このビルを囲む群青色の陽炎が薄らぎつつあった。

「も、も、もし解けたら?」

「因果が外と繋がって流れ出してしまったら、もう修復は不可能だ。奴の火勢に当てられた中

の人間は皆、死ぬだろう」

アラストールがペンダントの中から言う。

「注ぎ込んだトーチの数の割に、封絶の崩壊が急だな。ラミー、どういうことか分かるか？」

ふむ、とラミーは頷くと、練達の自在師として、ステッキの先に群青の火の粉を一つ捕らえた。その顔には、自分を追い詰めた者への、わだかまりのない憐憫の色があった。

「制御を失った封絶が崩壊する、その力の向きに乗って、奴の憎悪と悲鳴が外へと無秩序に流れ出ている。恐らく、封絶の外はパニックになっているぞ」

咆哮にも全く揺るぎのないシャナが、呆れさえ混ぜて言う。

「子供の泣き声に当てられるようなもの？」

「そうだ」

群青の狼は彼らを襲うでもなく、ただ轟々と天に首を差し向けて吼えている。ラミーから事情を聞けば、なるほどその声は、巨大な慟哭にも似ているように思われた。

しかし放っておけば、封絶は崩壊して大惨事になる。今の戦いの舞台は巨大ビルだ。フリアグネとの裏路地での戦いなど比べ物にならない犠牲者が出てしまう。

悠二は揺らぎの中、自分の手を引き、宙に浮くシャナの顔を見つめる。

考えているような、考えていないような。

でもまあ、彼女のことだ、結論は単純明快なものだろう、と思う。

「話して分からない相手は、とりあえずぶん殴って言うこときかす」

果たしてシャナは言った。迷いの欠片もない声で。

「さっきもそうだったし、今もそう。やることに変わりはないわ」

悠二は、置かれた状況も忘れて、思わずくすりと笑った。笑って、言う。

「フレイムヘイズとして？」

「そう、フレイムヘイズとして」

シャナも強く笑って答え、自分の手に引かれ、ぶら下がる少年を見る。

悠二は先手を取って、意地悪く訊いた。

「足手まといはいらない？」

「いる」

シャナは一言で期待に応えた。アラストールの苦笑がわずかに聞こえたが、無視する。

「思い切り飛ばす。私が言ったら、最小限の結界を張って」

「分かった」

紅蓮の双翼が、より大きく燃え上がった。

悠二は虚空に揺られて、飛翔の時を待つ。

しかし、シャナはなかなか動かない。

十秒ほどの沈黙を経て、ようやく悠二は不審に思い、シャナを見上げた。

「？　……どうしたんだ？」

見れば、なぜかシャナが怒った半分困った半分の顔で、悠二を見下ろしている。

アラストールが、仕方なく、という風に助け舟を出した。

『贄殿遮那』だ」

「へ？　……ああ」

大太刀が振れないから、さっきのように体につかまれ、ということか。これは女心というのか、シャナも咄嗟のことではなく、改めて言うのは恥ずかしいらしい。

（昨日から、抱き付き運でも上昇してるのかな？）

嬉しいような、嬉しくなくないような、つまり、いやまあ。

「つかまるけど、いいかな？」

「……」

シャナは、今度は完全に怒った顔で、悠二を前に引き上げる。

「んじゃ……よい、しょ！」

悠二は恐る恐る、その体にしがみついた。背中には翼が燃えているので、必然的に前に張り付くことになる。さっきはなにを感じる暇もなかったが、よく考えるとこの体勢は、

「ひやわっ!?　ちょっ、どこに顔押し付けてんのよ！　も、もっと下、お腹に」

「うわ、頭を押すな！　お、落ち、落ちる！　さっきはなにも言わなかっただろ!?」

「さっき？　さっきもこんなことしてたのね!?　このドスケベ!!」

「んなの、覚えてないって！　それどころじゃなかっただろ！」

「言い訳すんな！」

「懲罰は後だ、シャナ」

アラストールが一言で場を締めた。ラミーが傍らで、肩を震わせて笑いを堪えている。

シャナはむっとなって、それでも黙って大太刀を握り直した。悠二も、なにやら混じっていた不穏な言葉をあえて忘れて、しっかりとシャナの胸の、やや下につかまる。

「……覚えてなさいよ」

「忘れて欲しいんじゃやっわっ!?」

シャナは、悠二が答えきらない内に急発進した。御崎アトリウム・アーチの屋上に陣取る巨大な群青の狼に向けて、紅蓮の光跡が鋭く伸びる。

狼は己に向かってくる敵意を感じてか、咆哮を止めた。向かってくるちっぽけな二人に、ゆるりと首を巡らせ、一瞥する。

瞬間、その周囲に炎の弾が無数に生まれ、一斉に飛び出した。先の戦いでマージョリーが見せた炎の豪雨、その十倍はあろうかという弾数だった。

「来た！」

「まだよ！」

その、もはや豪雨と言うより、満天を塞ぐ流星群のような攻撃に悠二が叫び、シャナが怒鳴り返す。紅蓮の双翼は動かずにただ炎を吹き、二人を加速させる。

悠二は必死に『アズュール』の発動を押さえる。少しでもこれを使ったら、シャナの翼は消え、反撃は大きく躓く。シャナの邪魔だけは絶対にしたくない。しかし、恐いものは恐い。

「シャナ！」

「黙って！　叫んでる間に機が来たらどうするの！」

それほどにタイミングはシビアなのだ。

悠二は黙って、神経を張り詰めさせる。相手の『殺し』の機を計るのは、自分にはまだ無理だと分かっている。目の前でなにが起ころうとシャナの指示に従う、それだけに集中する。

群青の流星群が、それぞれ複雑な軌道を描いて絡み合い、殺到する。

シャナはまず鋭い螺旋で、次に一直線に突き抜けてこれをかわし、狼の死角になるビルの壁面へと向かう。悠二は鼻先を焼いて通り過ぎる炎の弾に恐怖し、しかし我慢する。シャナが自分に託すまで。自分は我慢するだけ、彼女に比べれば楽な作業、と必死に心を鼓舞する。

二人の速度は全く落ちない。むしろ加速し続けていた。

流星群はその後を追ってビルの壁面に群がる。幾つかが壁面に当たって爆発し、破片を周囲に撒き散らした。その破片に他の弾が誘爆を起こし、壁面を連鎖的に砕いてゆく。

二人に破片が幾つも当たるが、シャナはまだ指示を出さず、大太刀さえ振るわない。ただ、ビルの壁面ギリギリを沿って上へ飛ぶことに専念する。

湧き上がる噴煙さえ群青に染めて、また次の弾幕が前から来る。やり過ごした弾も、彼女らを周囲から押し包むように迫っていた。

シャナは瞬きにも満たない間で判断する。

上昇に十分な加速はある。周囲の弾幕に隙は少ない。爆発するから受け止めるのは無理。かわせば弾と壁面との爆圧で軌道が逸らされてしまう。これをかわせば弾幕は当面なし。もっとも適切な間を、悠二の反応速度も加味して計る。そして、

「今！」

悠二には返事をする余裕もない。その胸にかけられた『アズュール』が二人を守る最低限の結界を展開、彼らを邪魔する弾だけを消し飛ばした。同時にシャナの翼も消えたが、彼女が流星群をかわし続けて稼いだ速度は、そのまま二人をビルの上層まで押し上げる。

流星群の弾幕を、全く呆気なく、二人は抜けた。

「解いて！」

結界が解かれた。同時に、背後で彼らを押し包むはずだった流星群が一点で激突、大爆発を起こす。再び燃え上がった紅蓮の翼が、その爆風さえ前への助けとし、再びの飛翔を始める。

その二人の行く手に、こちらを覗きこんでいる巨大な狼の鼻面がある。

（見つかった！）

　悠二は焦(あせ)るが、シャナはさらに翼に力を注ぎ、加速する。

　狼はマージョリーとしての知能をしっかり持っていたのか、前足でビルの崩れた屋上部を打ち砕いた。瓦礫(がれき)が二人の頭上に崩れ落ちる。

「バオオオオオオオオ!!」

　再びの咆哮(ほうこう)に力を得て、瓦礫一つ一つの後方から群青の炎が噴射される。炎だけでは結界に防がれると気付いたのだ。数十、数百もの瓦礫が、まるでミサイルのように炎(ほのお)を吹いて、二人を狙(ねら)い、降ってくる。

　しかし、シャナはこの危局にこそ、勝機を見出した。

　悠二は雄々(おお)しく笑う彼女を、飛翔に引っ張られながら感じた。

　シャナは進む。目指すは一番大きな瓦礫。二人を隠してなお余る、コンクリートの塊(かたまり)。ようやく、大太刀(おおだち)『贄殿遮那(にえとののしゃな)』の切っ先が真上、突進の先端に向けられる。瓦礫が迫り、シャナの気合が響く。

「つは!!」

　ズン、と鈍く短い音。瓦礫は砕(くだ)けず、大太刀の刀身を中程まで埋(う)めて、二人の行く手を塞(ふさ)ぐ。

　悠二の脳裏(のうり)に閃(ひらめ)く。

(失敗、じゃない!)

　シャナがこの程度の、破壊の見切りを誤るわけがない。

そしてやはり、彼女は笑みを崩さず、そのまま上昇する。この大重量を受けても、前進の勢いは全く死んでいない。反対側の噴射を押し返し、壮絶な力で舞い上がる。

「なんでも」

シャナの方から声を出した。

「なんでもできる」

紅蓮の翼が、ここぞと最大の炎を吐き出す。

「グアオオオオオオオオオ！」

二人の頭上から、また腹の底を震わせる咆哮が上がり、その中に、おぞ気を走らせる空気の感触が走る。悠二はそれを、狼の前足による一撃だ、となぜか確信していた。

そしてその確信の通り、壮絶な力と力の衝突が二人の頭上で起こった。大太刀の刺さった点を中心に瓦礫が砕け、狼の前足が降りかかってくる。

「なんでも、できる！」

シャナは、この砕ける瓦礫の中を無理矢理に突破した。

抱きつく悠二は、彼女の『殺し』の瞬間を感じた。

「悠二!!」

「っ!!」

結界が展開され、眼前に迫った炎の前足が吹き飛んだ。上昇の勢いのまま、彼らは巨大な狼の中心部へと突き抜ける。その行く手、群青の輝きの中に、見つけた。

胎児のように裸身を丸めて〝グリモア〟を抱く、『弔詞の詠み手』マージョリー・ドーを。

大太刀『贄殿遮那』、問答無用の一撃が飛ぶ。


狼が、終の悲鳴を上げる。


「おお……」

一人、宙にあって傍観していたラミーは、御崎アトリウム・アーチの頂を飾っていた群青の噴火が一気に膨れ、柔らかく散ってゆく光景に、感嘆の声を上げた。

その中に、紅蓮の炎が掠れ掠れ、飛んでいた。さっきの突進で全力を出し切ったのだろう、その飛行は力なく揺れ、下降線を描いている。

紅蓮の双翼を燃やす少女は、裸の女性を一人、摑んでいた。その女性は、少女以上に力なく、ぐったりしている。少年が紐の先にぶら下げているのは、神器〝グリモア〟だろう。

その姿は遠いが、彼には二人の会話が聞こえる。

「案外静かだったわね、悠二。最後も、斬るな、とか叫ぶと思ったけど」

「今の峰打ちのこと？」

「うん」

「……フレイムヘイズの使命は、なんだったっけ？」

「──っふふ」

「──ははっ」

その二人につられるように、ラミーも硬い線を曲げて微笑み、スーツの内懐に手を入れた。

シャナもマージョリーも、ほぼ全力を使い切ったようだ。今まさに解けつつある封絶の内部を修復できるだけの力は残ってはいない。それができるのは……

「……」

ラミーは、ゆるりとした仕草で懐からなにかを取り出し、掌の上に置いた。

それは小さな、眼球ほどの大きさの、毛糸玉。

彼はしばらく、それを無表情に眺めていたが、やがて再び微笑を浮かべる。苦さ渋さをわずかに混ぜて。

その吐息に誘われてか、毛糸の端が自然に、ほつれのほどけるように、僅かに切れた。

宙に流れたその切れ端は、いきなり深い緑色の火の粉となって散った。狼の散華にも勝る勢いで、深い緑色の火の粉が無数、湧き上がる。

その火の粉は封絶内を舞い踊り、戦いに荒らされたもの全てに宿り、癒していった。

マージョリーが目覚めれば、視界は一面の夕焼け。

「よう」

傍らから、馴染みの声が、力なく届く。

「……生きてんのね」

「お互いにな」

マージョリーは起き上がろうとしたが、その途端に走った激痛で挫けた。脇腹を裂かれたり、胸から肩にかけて深く斬られたりしたのを思い出して、起き上がるのを止める。

しようがなく、首だけを小さく起こして、自分の状態を確認する。髪がほどけているのが、風の感触で分かった。眼鏡もなくなっているが、元々伊達だったので、これは問題ない。

体の方もひどい格好だった。暴走して裸になったはずの体に、大きな布が巻きつけられていた（実は屋上に掲げられていた社旗）。手当ともいえない乱暴な処置だが、フレイムヘイズにはこの程度でも十分ではある。現に、盛大な血の染みこそ見えるものの、もう出血そのものは止まっていた。消耗し尽くした力の完治には、まだまだかかるだろうが。

その確認が終わると、今度はがくんと首を横に転がした。修復された御崎アトリウム・アーチ屋上の縁に寝かされているらしい。壁面清掃用ゴンドラのレールが背中に当たって、寝心地悪いことこの上ない。

そして、彼女が首を向けたすぐ横に、悠二が胡座をかいて座っていた。その表情には疲労の色が濃く見られるが、明るくもある。ただ、なぜか両の頰が腫れて、右目にも青痣があった。

「シャナ、目が覚めたみたいだよ」

その悠二が言うと、シャナがマージョリーを見下ろすように傍らに立った。炎髪と灼眼を黒く冷やし、大太刀も黒衣もない、普通の人間の姿で。風をはらむ艶やかな黒髪が、まるで炎の名残のように、夕日の赤を受けている。

「……よく殺さなかったもんね。あれだけひどい目に遭わされて」

マージョリーの憎まれ口にも、シャナは平然と答える。

「おまえたちなら、そうしたかもね。でも、私たちは違う」

「……それは、フレイムヘイズの……」

「そう、フレイムヘイズの使命」

「……」

また、自分を否定された。もう、その言葉に力で反抗することもできない。

「当分、ラミーを追えなくなるほどに痛め付けた。だから、私のやることは終わり」

「……あんた、使命、使命って、まるで〝王〟みたい……すごく、嫌な奴ね……」

マージョリーの率直な感想に、シャナも同じく率直に返す。

「奇遇ね。私もおまえが嫌い。昨日みたいな目に遭わされたのは初めてだったもの」

くすりと悠二が笑う。

途端にシャナは平静を失って、むっとした表情になった。

その顔に、なぜかマージョリーは深く大きく、ショックを受けた。

(なによこいつ)

ひどく腹が立った。

(ずるい)

そう思っていた。そう思う自分を、とても惨めに感じた。

その気持ちに、既視感のようなものを覚える。

まるで、あのときのようだった。

持っていたはずのものを、すがっていたはずのものを、全て……。

不意に、傍らに新たな、細い影が立った。

(!!)

再びの、軽い既視感。しかしそれは、あの銀の炎ではない。

「ようやく止まったか、『弔詞の詠み手』マージョリー・ドー」

暮れ行く日の中、黒く細く立つそれは、老紳士の姿をした〝屍拾い〟ラミー。

「安心しろ、今さらなにをする気もない。先刻も〝蹂躙の爪牙〟に脅されたばかりだ。『俺の酒盃に手を出したら、顕現しててめえらを噛み殺してやる』と」

マージョリーの枕元に置かれた〝グリモア〟から、掠れ掠れの炎が漏れる。

「うるせえ。今も変わらねえぞ。世界のバランスなんぞ知ったことか。周りの〝存在の力〟を全部飲み込んで、てめえらを殺して殺して殺して殺し尽くしてやる」

この、自分同様に力を使い果たしてボロボロなはずの相棒の言葉に、マージョリーは何十年ぶりか、泣きたい気持ちになった。

ラミーはその、手負い（ておい）の獣（けもの）の恫喝（どうかつ）にもこたえた様子はない。ただ、ため息をついた。

「やれやれ、仮にもフレイムヘイズに力を与える〝王〟の台詞（せりふ）とは思えんな。おまえたちへの親切心から、ここに居残っている私の心情も察して欲しいところだが」

「……どういうことよ」

涙目を乱れた髪の内に伏せ、声だけを険しくするマージョリーの前に、ラミーはステッキの先を差し向けた。

「すまんが、見た」

その先には、彼が騒ぎの中で捕らえた群青（ぐんじょう）の火の粉（こ）があった。

「……」

「だが、〝銀〟は追うな」

「!!」

「てめえ、奴（やつ）を知ってるのか!?」

驚く二人に、しかしラミーは視線を合わせず、夕焼けを見やる。

「あれは、追うだけ無駄なものなのだ。追えど付けず、探せど出でず、ただ現れる、そういうものなのだ」

「つぐ!!」

マージョリーは突然跳ね起きてステッキの先を握り、火の粉を奪い返した。体を走る激痛も無視して、それを血染めの胸に抱き、叫ぶ。

「そんな言葉だけで！　私の全てを諦めきれるもんか!!」

吐くように、声を連ねる。

「誰にも駄目なんて言わせない!!　この復讐は私のもの、この憎しみは私のものよ!!」

喘ぎ喘ぎ言う彼女に呼吸の間を与えるように、ラミーは間を置き、やがて言った。

「では、言い方を変えよう。あれは、来るべき時節が来れば必ず会える、そういうものだ」

「……なんですって……?」

「私はそのことを伝えたかっただけだ。それをどう受け取り、行動するかはおまえの勝手だ」

「…………」

なにを言えばいいのか分からなくなったマージョリーに代わって、アラストールが訊く。

「その〝銀〟とやらが何者なのかは、言えぬのか」

ラミーは黙って頷いた。

「そうか、では訊くまい」

ラミーは旧知の〝王〟に微笑で返し、改めてその契約者・シャナと目を合わせた。

別れが、夕の空気に寂しく匂う。

「世話になったな、『炎髪灼眼』……いや、シャナ、か」

対するシャナの返答はまことに素っ気無い。

「使命に従ったまでのことよ」

「なるほど、さすがは〝天壌の劫火〟の契約者。よいフレイムヘイズだ」

ラミーは笑い、最後に悠二を見た。

悠二は立ち上がり、この奇妙な〝紅世の徒〟に素直な謝罪の言葉、それだけをかける。握手を求めるには、〝人〟の大きさが違いすぎた。

「悪かったね。せっかく集めた〝存在の力〟を修復に使わせて」

「なに、望みへ至る時を得た礼……そう思えば安いものだ」

その彼があまりに軽く言うのを、かえって不審に思った悠二は訊いてみた。

「……どれくらいだったんだ？」

「なに？」

「今日使った分は、どれくらいの時間をかけて集めたものだったんだ？」

「……ふ、君はときどき鋭いな……それより」

ラミーは誤魔化した。少ない量でないことは明らかだったが、それを彼は言わせなかった。

「最後に、利害抜きで助言を一つ、サービスしてやろう」

「?」

今度は悠二が怪訝な顔になった。

ラミーはシャナにも目線を送りつつ、軽く言う。

「これからは、不安になったら、黙って抱き寄せてキスの一つでもしろ。それで、なにもかもが、すぐに分かる」

「つな! ななな――!?」

「きす?」

ラミーは軽く笑って、夕日の光以上に真っ赤になる悠二と、不思議そうな顔をするシャナに背を向けた。

立ち去る先は、屋上の端。

その背中越しに、別れの言葉が投げられる。

「さらばだ〝天壌の劫火〟、我が古き友よ。因果の交叉路で、また会おう」

アラストールが、黙った二人に代わって、静かに別れを告げた。

「……いつか望みの花咲く日があるように、〝螺旋の風琴〟」

異なる真名で呼ばれたラミーは振り返らず、肩越しに手を上げ、小さく払った。

それを合図としたかのように、

細い姿は夕の赤にかすれ、風と消えた。

風が幾度か抜け、

ようやくシャナが驚きの放心から覚めた。一瞬、半身を起こしたまま固まっていたマージョリーとまで視線を合わせて、先の事実を確認する。マージョリーも同じく、驚きに目を見開いていた。

悠二は不思議そうな顔をして訊いた。

「〝螺旋の風琴〟？」

シャナが、彼女らしくない、わずかに恐れさえ含んだ声で答えた。

「……封絶を始めとする、数多くの自在法を編み出した〝紅世の徒〟最高の自在師よ」

「それじゃ、〝屍拾い〟って真名は……？」

今度は分からない。シャナは自分の胸元を見る。

「どういうことなの、アラストール？」

アラストールは、とりたてて大仰な秘密という風でもなく、淡々と答える。

「〝トーチを拾う者〟という語義で分かろう。通常、真名とは我らが〝紅世〟における呼び名。だが、トーチはこの世にしかない。つまり〝屍拾い〟の真名も、ラミーと言う通称も、この世を彷徨うための仮の冠だ」

悠二は、ラミーの去った夕日を眩しげに眺めた。

「そんなに凄い自在師が〝屍拾い〟なんて名前を名乗って、何百年も他の〝徒〟の作ったトーチを拾い続けて……たった一つの品物を、元に戻すためだけに……?」

「何を大切に思うかは各々で違う。貴様らと同じだ……シャナ」

「うん」

シャナはアラストールの意を違えず、マージョリーに向き直った。その胸のペンダント〝コキュートス〟から、〝天壌の劫火〟は告げる。

「『弔詞の詠み手』よ。〝紅世の徒〟への復讐は、大半の者がそれを理由に契約する以上、フレイムヘイズにとって当然の権利ではある。我々〝王〟が、世界のバランスを守るために、その感情を利用していることも認めよう」

マージョリーは、ペンダントの中を上目に睨んで言った。

「チビジャリが偉そうに言ってる使命ってのは、その利用法の別名でしょ」

「そこまで分かっているのなら、貴様の行動がフレイムヘイズの使命から逸脱した場合、我々が貴様を止めるのも当然の道理と理解できるはずだ」

アラストールは悪びれずに答えた。シャナにも動揺の色はない。事実を事実として〝紅世の王〟は語り、契約者はそれを受け入れているのだ。

「本来は、そのようなことにならぬよう、力を与えている〝王〟が止めるものなのだがな」

アラストールが付け加えると、〝グリモア〟が、ふん、と炎を吹いた。

マージョリーは、その上に手を置いてなだめる。彼女には、自分の望みに答えてくれただけの、この騒がしくも優しい狼を責める気はなかった。起きた出来事も、受けた傷も、全て間違いなく、自分の望みの形、その結果なのだと分かっていた……そう、分かっていたのだ。

「我々は、貴様を裁く気も諭す気もない。我々の立場と行動原理を表明するのみだ。〝螺旋の風琴〟ではないが、それをどう受け取り、行動するかは貴様の問題だ」

シャナが最後に言う。

「要するに、おまえがまた外れれば、私がまた止める。それだけを分かってくれりゃいいの」

悠二は思わず吹き出した。

「あれだけのことを、やってやられて、後始末として言うことはそれだけ？　フレイムヘイズの使命ってのは、えらく簡単なんだな」

魔神と少女は、フレイムヘイズとして、声を重ねた。

「そういうものだ」

「そういうものよ」

悠二は、夕日に照り映える少女の姿を、今度こそ何の隔意もなく、

（……眩しいな……）

そう、感じることができた。

暮れゆく陽(ひ)を背に、大天蓋(だいてんがい)の縁(ふち)を、〝グリモア〟を抱えたマージョリーはヨタヨタと歩く。

言うだけ言ったシャナたちが去った後、屋上には、彼女だけが取り残されていた。

「……**ぎっこんばったん、マージョリー・ドー**……、♪」

ボロ雑巾のような体を引きずって、掠(かす)れる声で、小さく歌う。自分を動かしていた全(すべ)てを失った彼女は、まさに途方に暮れていた。歌を歌うくらいしか、やることがなかった。

「……**ベッドを売って、わらに寝た**……、♪」

眼下には、修復されたアーチと吹き抜けがある。彼女にとってそれは、自分の行為を全て否定されたような眺めだった。アレを殺すな、コレを追うな、痛い目を見て、やる気も挫(くじ)け……。

「……**みもちが悪い、女だね**……、♪」

と、その隙間から、見えた。思わず立ち止まる。

自分がどんな顔をしているのか、よく分からない。気持ちはもっと、分からなかった。

「……**埃(ほこり)まみれて、寝る、なん**……**て**……、♪」

声が震え、途切れた。身にまとった血まみれの布の、風にはためく音だけが残る。

階下の噴水池の縁(ふち)に、なにかを、誰かを待って座る、二人の少年の姿があった。

憎しみの夢から唐突に覚めた佐藤と田中は、その強烈過ぎる感情の残響に呆然とする人々を掻き分け、これも唐突に思い出した御崎アトリウム・アーチ……彼らが今いた駅の、すぐ裏手にあるビルの中へと駆け込んだ。

あのひどい夢を、マージョリーのことを、少しなりと理解できる、そんな自分たちに奇妙な誇りさえ持って。

しかし、それがなんになるのか。

たどり着いてから、ようやく二人はそのことに気付いた。

見上げた吹き抜けは新築の光沢に輝いて、起きたはずの騒動を欠片も止めていない。それどころか、このビルの中にいた人々は、先の憎しみの夢さえ見ていないらしい。

そこには、ただ日常の風景があるのみだった。

封絶が解けたのだから、戦いは終わったのだろう。

しかし、その戦いの結果がどうなったのか。

その結果が、この街になにをもたらしたのか。

それを知る術は、全くなかった。

二人は黒大理石で囲われた噴水池の縁に座り込んだ。

そのまま、見えなくなった非日常を、その象徴たる女性を待った。
夜も更けて、係員に追い出されるまで、ただ、ひたすらに待った。
そして、全ては自分たちを置いて過ぎ去ってしまったのだ、と、そう思った。
大きな家ばかりが立ち並ぶ、ゆえに寂しく静かな旧住宅地を無言で歩き、
久し振りに二人して痛飲してやろうと佐藤家室内バーのドアを開け、
そこに、
床にいくつも転がったウイスキーの瓶と、
ソファの端からだらしなく投げ出された両足を、見つけるまでは。
「いよう、おかえり、ご両人」
嵐のような寝息の向こうから、あまりに呆気なく、再びの非日常が彼らを出迎えた。

エピローグ

さすがに昨日は疲れた。

初めての力まで無理矢理に引き出すことで、なんとか勝ちを拾ったけど、おかげで今日は足腰がヘナヘナして、頼りないことこの上ない。

同じ戦場にいた悠二は、今朝の鍛錬で、もうピンピンしていた。秘宝『零時迷子』の力だということが分かっていても、なんだか不公平な感じがした。

まあ、鍛錬自体が楽勝なのは変わらないのだけれど。

それはともかく、体が消耗を回復させようとしているのか、今朝から異常なまでの空腹感に見舞われたのには参った。昼食をこれほど待ち遠しく思ったことはない。

やっぱり、メロンパンは最高。この、カリカリモフモフとした食感がたまらない。

昨日の騒動からの帰り、スーパーで悠二に、その表現と実際の食感についての妥当性と関連性、それがおいしさに与える影響等を詳しく説明してやったら、変な顔をされた。

なんとなくその顔が気に食わなかったので、今朝、千草に同じことを説明し直した。そうしたら、やっぱりというか千草は熱心に聞き入ってくれて、最後には『今度自家製のを食べさせてあげる』とまで言ってくれた。やっぱり悠二なんかとは、全っ然、違う。

彼女の料理の腕前から推察するに、とてもおいしいものができるだろう。

うん、楽しみだ。


「おっはよーす」

と、できるだけいつものように軽く挨拶して、久々の教室に入った。もう昼休みだが、まあ気にしないでおこう。田中なんか、

「みなさんお勤めごくろーさん」

ときたもんだ。お気楽な奴め。

ゴールデンウィーク越しだから、ほぼ十日ぶりか。教室に馴染みの顔が、ある。ただそれだけのことが、なんとも嬉しく思える。真ん中あたりに、特に嬉しい面々が揃っていた。

坂井が吉田ちゃんからの弁当を、隣を気にしながら食べている。今日の平井ちゃんからのエサ……じゃない、吉田ちゃんに対抗して寄越したおやつは饅頭か。相変わらずの恐妻家、からかいがいがある。吉田ちゃんもこっちを向いて嬉しそうな顔をしてくれる。う～ん、癒される。

平井ちゃんは……ま、期待するだけ無駄か。

「なにが、おはよー、だ。もう昼だぞ」

近付くと、我らがメガネマン池が、ホカ弁から顔を上げて睨んできた。

「そんな細かいこと言わずに、笑って笑って」

こう言えることの、なんてありがたさ。そういや、漢字では『有り難さ』って書いたんだっけか（う～ん、俺ってインテリ）……本当、なにもかもが、有り難い。

池には悪いことした、と思う。

「大変ベンキョーになった、うん、ありがとう、池クン」

真面目な口調が冗談にしか聞こえない、自分の声が恨めしい。池の横に座って、ちゃんと両手で持ってノートを返したのだが、

「古文なら、今日はもう終わったんだけどね」

と一刀両断されてしまった。重ね重ね、すまん。

実は今日の午前中は、佐藤と一緒に姐さんのお使いで、服……特に下着……や眼鏡、身の回りの品を買い出しに行ったりして遅刻したんだが、さすがにそれを言い訳には使えんしなあ。

まあ、結果として〝紅世の徒〟はいなくなったそうだし、めでたしめでたしなんじゃないだろうか。この程度のことには耐えるとしよう。

姐さんはそれ以外、戦いのことはなにも教えてくれなかったが、当面、俺たちにとっては、

「疲れたから、当分ここで寝てる」

って言ってくれただけで十分だ。んでもって、姐さんは本当に、ずっと寝てる。

その間に、悪い頭をフル回転させて考えんといかん。いろいろと、うん、いろいろと。

「で、どーだね坂井クン、我々の留守中に恋愛戦線の状況に進展はあったかね」

……佐藤、おまえも少しは考えろ。


「グホッ!? ……ッ……ッ!」

坂井の奴、変なトコに入ったな。吉田さんお手製の弁当を吹き出さずに我慢できただけでも上出来、と誉めとくべきか。吉田さんのために。

とりあえず、その幸せ男は無視して、遅刻組に訊いとくとしよう。

「で、おまえら、片付いたのか?」

なんだか驚いた顔をした佐藤は、宙を見やって、

「う～ん、現在進行形、かな」

同じく田中も顎に手をあてて、

「とりあえず一段落ってとこだ」

と各々、意外に真剣な答えだ。この二人がこんな態度を取るとは、かなり面倒なことのようだ。まあ、こっちのお節介で余計な首を突っ込むのも迷惑な話だろう。

「必要なら言えよ」

程度でとどめとけばいいか。

池君は偉い。

あんなことを簡単に言えるなんて。

彼は、言ったからには実行するだろうし、実行すれば、上手くできるんだろう。私も見習いたい。いや、見習おう。お弁当作って食べてもらうだけじゃ駄目だ。

一昨日はたまたま二人がケンカして、それで……デート……に誘えたけれど、あんな機会はもうないと思う。昨日から、もうすっかり二人は元に戻っている。

ゆかりちゃんはぶっきらぼうだけど、たぶん坂井君が好きなんだと思う。何度か、いい雰囲気(だと思う)になってたところを邪魔されたし。正直、むむっとくるけれど、私がゆかりちゃんのような、強くて格好いい女の子だったなら、同じように邪魔してると思う。

そんなゆかりちゃんと対決しなければいけないんだ。せめて池君のように、いろんなことで坂井君を助けたり、話をしたり……できるだろうか……ううん、できるか、じゃない。するんだ、難しいけれど。

したい、とは思っているんだから。

やろう、やれるはずだ。

田中がまた馬鹿話をして、佐藤と池につっこまれている。吉田さんはくすりと笑って、シャナは我関せずとメロンパンを食べて……なんだか久し振りに、元の光景に戻ったみたいだ。

……元の光景？　戻った？

変な話だ。大した日数を一緒に過ごしたわけでもないのに、いつの間にか、こうやって六人での昼食を日常だと感じている。シャナがいる、それだけでもう、非日常のはずなのに。

いや、違うのか。

ここに今あることに、日常も非日常もないのか。僕が過ごしている今こそが日常なんであって、それがおかしいことかどうかは、関係がないんだ。

シャナが戦ったり、フリアグネが陰謀を企んだり、戦闘狂が暴れたり、ラミーが流離ったりしているのも、今僕らがここでこうしているのとなんの変わりもない、日常の一部なんだ。

そんな中を、僕はどう進むべきなんだろう。

僕はシャナのように強くはない。彼女に守られている、ちっぽけな存在だ。

でも、今ここにいる。その僕が、シャナのために強くなる、そのためにはいったい、どのようにして、ここを進んでゆくべきなんだろう。

なんだか大げさで重すぎる問題だけれど、じっくり考えてみてもいいんじゃないだろうか。

良くも悪くも、僕の時間は永遠らしいのだから。

既に彼らの日常は、互いの知らないところで、互いの知らない形に変わっている。
それを彼らは知らず、今一時の歓談を楽しむ。
世界は、ただそうであるように、それらの全て(すべ)として、動いている。

あとがき

はじめての方、はじめまして。

久しぶりの方、お久しぶりです。

高橋弥七郎です。

また皆様のお目にかかることができました。ありがたいことです。

さて本作は、痛快娯楽アクション小説です。友人に「何故おまえはそう、なんでも壊すか」と言われても無視です。本になるまで学園ストーリーだと知らなかったことも秘密です。

テーマは、描写的には「敗北と大逆襲」、内容的には「うけいれる」です。痴話ゲンカ中のカップルが怖い姉ちゃんに絡まれる、というお話です。たぶん。

担当の三木さんは、急な〆切を設定する人です。そうじゃないよ、と説得された次の日に、翌日〆切の仕事が来ました。今回も例によって、双方の間で怒涛破岸の激突が萌（以下略）。

挿絵のいとうのいぢさんは、可愛さと格好良さを両立できる、希有な方です。「目次メロンパンチ&缶詰タイヤキック」の超強力コンボには、私も瞬殺されました。この度も拙作への甚大なる御助力をいただけたことに、深く深く感謝いたします。

県名五十音順に、愛知のK澤さん、神奈川のT塚さん、京都のM林さん（あなたです）、東京のN山さん、鳥取のY本さん、大変励みになりました。どうもありがとうございます。

今回は、御手紙に関して話題が一つあります。本作ヒロインの名前はシャ「ナ」であって、シャ「ア」ではありません。確かに赤くはなりますが、角はありませんし通常の三倍の速さもありませんし連邦の名機を貫いたりもしませんし額も光りません。お間違えなきよう。


さて、今回も残りを徒然に埋めていきましょう。映像ではバンドの兄弟（誤訳）を見て歩兵には絶対なるまいと誓ったり、本ではモストデンジャラスな場所（これも誤訳）を読んで娯楽作品の真髄を感じたり、ゲームでは鉄球ぶつけ合って赤石先輩ごっつぁんですな気分になったりしていました。次回、『デンジャラスなバンドの鉄球ぶつけ合い』にご期待ください（嘘）。


今回はうまく埋まってくれました……と何気に虚偽申告をしつつ、このあたりで。

この本を手に取ってくれた読者の皆様に、無上の感謝を、変わらず。

また皆様のお目にかかれる日がありますように。

二〇〇二年十二月　高橋弥七郎

◉高橋弥七郎著作リスト

「A／Bエクストリーム　CASE-314［エンペラー］」（電撃文庫）
「A／Bエクストリーム　ニコラウスの仮面」（同）
「灼眼のシャナ」（同）

本書に対するご意見、ご感想をお寄せください。

■

あて先

〒102-8177 東京都千代田区富士見2-13-3
電撃文庫編集部
「高橋弥七郎先生」係
「いとうのいぢ先生」係

■

電撃文庫

灼眼のシャナⅡ

高橋弥七郎

2003年4月25日　初版発行
2023年10月25日　51版発行

発行者　山下直久
発行　株式会社KADOKAWA
〒102-8177　東京都千代田区富士見2-13-3
0570-002-301（ナビダイヤル）
装丁者　荻窪裕司（META＋MANIERA）
印刷　株式会社 KADOKAWA
製本　株式会社 KADOKAWA

●お問い合わせ
https://www.kadokawa.co.jp/（「お問い合わせ」へお進みください）
※内容によっては、お答えできない場合があります。
※サポートは日本国内のみとさせていただきます。
※ Japanese text only

※定価はカバーに表示してあります。

ISBN978-4-04-868962-5　C0193　Printed in Japan

電撃文庫　https://dengekibunko.jp/

電撃文庫創刊に際して

文庫は、我が国にとどまらず、世界の書籍の流れのなかで〝小さな巨人〟としての地位を築いてきた。古今東西の名著を、廉価で手に入りやすい形で提供してきたからこそ、人は文庫を自分の師として、また青春の想い出として、語りついできたのである。

その源を、文化的にはドイツのレクラム文庫に求めるにせよ、規模の上でイギリスのペンギンブックスに求めるにせよ、いま文庫は知識人の層の多様化に従って、ますますその意義を大きくしていると言ってよい。

文庫出版の意味するものは、激動の現代のみならず将来にわたって、大きくなることはあっても、小さくなることはないだろう。

「電撃文庫」は、そのように多様化した対象に応え、歴史に耐えうる作品を収録するのはもちろん、新しい世紀を迎えるにあたって、既成の枠をこえる新鮮で強烈なアイ・オープナーたりたい。

その特異さ故に、この存在は、かつて文庫がはじめて出版世界に登場したときと、同じ戸惑いを読書人に与えるかもしれない。

しかし、〈Changing Times,Changing Publishing〉時代は変わって、出版も変わる。時を重ねるなかで、精神の糧として、心の一隅を占めるものとして、次なる文化の担い手の若者たちに確かな評価を得られると信じて、ここに「電撃文庫」を出版する。

1993年6月10日
角川歴彦

電撃文庫

A／Bエクストリーム CASE-314［エンペラー］

高橋弥七郎
イラスト／金田榮路

異空間〈ゾーン〉に巣くうグレムリン駆除を生業とするA／B＝アンディとボギーのハイエンドアクション！ 第8回電撃ゲーム小説大賞〈選考委員奨励賞〉受賞！

た-14-1 0659

A／Bエクストリーム ニコラウスの仮面

高橋弥七郎
イラスト／金田榮路

第8回電撃ゲーム小説大賞〈選考委員奨励賞〉受賞作家の第2弾！ 仮面の道化師ニコルと謎の巨大物体を背負う美少女ルー。彼らの目的とは……!?

た-14-2 0689

灼眼のシャナ

高橋弥七郎
イラスト／いとうのいぢ

平凡な生活を送る高校生・悠二の許に少女は突然やってきた。炎を操る彼女は悠二を〝非日常〟へいざなう。『いずれ存在が消える者』であった悠二の運命は!?

た-14-3 0733

灼眼のシャナII

高橋弥七郎
イラスト／いとうのいぢ

『すでに亡き者』悠二は、自分の存在の消失を知りながらも普段通り日常を過ごしていた。悠二を護る灼眼の少女・シャナはなんとか彼の力になろうとするが……。

た-14-4 0782

桜色BUMP シンメトリーの獣

在原竹広
イラスト／GUNPOM

アンティーク店の主人が殺されたことをきっかけに学校内で起こる殺人事件。高山桜子はその謎を究明することになるのだが。期待の新人が贈る学園ミステリー。

あ-14-1 0777

電撃文庫

ダブルブリッドⅥ
中村恵里加
イラスト／たけひと

EATと米軍の共同演習に六課に在籍していた面々がアヤカシ役として協力することになった。だが、その演習の背後には……！　緊迫のシリーズ第6巻、登場!!

な-7-6　0566

ダブルブリッドⅦ
中村恵里加
イラスト／たけひと

鬼切りに寄生され自らを失いつつある山崎太一朗。再生能力が衰えつつある片倉優樹。仲間を守るため、決断を下した八牧。すべては破滅へ突き進む……！

な-7-7　0616

ダブルブリッドⅧ
中村恵里加
イラスト／たけひと

暴走を続ける山崎太一朗によって、大切な友人を失った片倉優樹。その喪失は捜査六課の面々を、様々な方向に駆り立てる。そしてその先には……！

な-7-8　0757

放課後のストレンジ ユージュアル・デイズ
大崎皇一
イラスト／山本 京

ストレンジに触れたものは、異質な存在となる——。私立六陸学院の神代皇莉を取り巻く生徒たちが起こすストレンジな出来事とは？　気鋭の新人デビュー作！

お-6-1　0751

放課後のストレンジ2 サムシング・ビューティフル
大崎皇一
イラスト／山本 京

私立六陸学院のストレンジは、百桃雛子の精神世界でうごめいた。彼女のもう一人の人格が覚醒したとき、異能力者である皇莉は奇妙な世界に巻き込まれた……。

お-6-2　0786

電撃文庫

シルフィ・ナイト
神野淳一
イラスト／成瀬裕司

敵の夜間爆撃を迎え撃つ夜間戦闘機部隊に着任した新兵は、妖精族の生き残りの少女だった――。第9回電撃ゲーム小説大賞〈選考委員奨励賞〉受賞作。

か-11-1　0783

シャープ・エッジ stand on the edge
坂入慎一
イラスト／凪良（nagi）

育ての親ハインツを殺された少女カナメ。複雑な想いを胸に秘め、そして彼女はナイフを手にとった――。第9回電撃ゲーム小説大賞〈選考委員奨励賞〉受賞作。

さ-7-1　0781

ダーク・バイオレッツ
三上延
イラスト／成瀬ちさと

行先のない黒いバス――それは人々を喰らう呪われた存在だった。幽霊を見ることのできる「紫の目」を持つ高校生・明良は、神岡町に眠る《闇》に挑むが……。

み-6-1　0683

ダーク・バイオレッツ2 闇の絵本
三上延
イラスト／GASHIN

神岡町に頻発する失踪事件を追う明良たちが出会ったのは、人を喰らい、その内容を現実化してゆく、呪われた絵本だった……。人気のホラーシリーズ第2弾！

み-6-2　0729

ダーク・バイオレッツ3 常世虫
三上延
イラスト／GASHIN

かつて明良が救えなかったひとりの少女、菜月――その霊魂が神岡町に訪れたとき、悲劇の第二幕が始まる。そして現れる、第三の《紫の者》とは！

み-6-3　0785

電撃文庫

僕にお月様を見せないで① 月見うどんのバッキャロー
阿智太郎
イラスト／宮須弥

『僕の血を吸わないで』のあのコンビが再び組んだとなれば、これが笑えぬはずもなく、読まないわけにはいくまいぞ！ ファン待望の新シリーズ第1弾!!

あ-7-12　0483

僕にお月様を見せないで② 背中のイモムシ大行進
阿智太郎
イラスト／宮須弥

変わった体質の男子高生と変わった性格の女子高生が織り成す笑いの世界！『僕の血を吸わないで』のあのキャラも登場したりする阿智太郎新シリーズ第2弾!!

あ-7-13　0506

僕にお月様を見せないで③ あぁ青春の撮影日記
阿智太郎
イラスト／宮須弥

オオカミ男子とうどん女子が麻薬事件に巻き込まれる!? 阿智太郎が描く、なんちゃってサスペンスの臭いプンプンのシリーズ第3弾!! またまた彼も出てきます。

あ-7-15　0544

僕にお月様を見せないで④ 北極色の転校生
阿智太郎
イラスト／宮須弥

美人転校生に秘密がばれた!? その彼女とはあの狩谷先生の妹!? 銀之介大ピ～ンチ！ しかし新たな恋の予感も。阿智&宮須弥の人気シリーズ第4弾!!

あ-7-16　0568

僕にお月様を見せないで⑤ 思ひでぼろぼろ
阿智太郎
イラスト／宮須弥

オオカミ少年の胸に去来する思い出。それはちょっと「ぼろぼろ」って感じだった……。人気おバカ小説シリーズ第5弾。これは笑って泣けちゃう!?

あ-7-18　0606

電撃文庫

僕にお月様を見せないで⑥ アヒル探して三千里
阿智太郎
イラスト／宮須弥
バカでも風邪はひく。自宅で寝込む銀之介を見舞う少女がふたり……。人気シリーズ第6弾は、さえない奴がまたちょっとモテる⁉ これぞ王道です⁉
あ-7-19 0640

僕にお月様を見せないで⑦ 29番目のカッチョマン
阿智太郎
イラスト／宮須弥
なぜかモテてしまうあの男が、今度はツッパリ少女の心をときめかせてしまった。こいつはどこまでいってしまうのか⁉ まだまだ続く人気シリーズ第7弾‼
あ-7-22 0677

僕にお月様を見せないで⑧ 楓とオオカミの一日
阿智太郎
イラスト／宮須弥
恋がちょっと進展⁉ なんと銀之介が楓とデート？ となればあの娘も黙っているわけもなく……。シリーズ第8弾もやっぱりラブ入ってます⁉
あ-7-23 0697

僕にお月様を見せないで⑨ 唐子とオオカミの夜
阿智太郎
イラスト／宮須弥
遂に彼女が去っていく！ そして彼女も街をはなれ……。シリーズ完結に向け奴の恋も急展開⁉ シリーズ第9弾は、ちょっと涙はいっちゃうかも⁉
あ-7-24 0727

僕にお月様を見せないで⑩ オオカミは月夜に笑う
阿智太郎
イラスト／宮須弥
一発の銃弾が放たれた時、唐子が倉地が小夏が見たものは……⁉ 人気シリーズここに完結‼ きみの頬を伝うであろう涙は、銀之介からの最後の贈り物。
あ-7-25 0745

電撃文庫

いつもどこでも忍²ニンジャ 出会ったあの娘はくの一少女
阿智太郎
イラスト／宮須弥

阿智太郎がまたまた放つドタバタラブコメディ!! ふつ～うの高校男子マコトが、突如ひとつ屋根の下に暮らすことになったのは、なんと忍者娘であった……⁉

あ-7-26 0787

ヴァルキュリアの機甲 ～首輪の戦乙女～
ゆうきりん
イラスト／宮村和生

ヒロイン真珠のバストは8mのΩカップ⁉ 身長も体重もスリーサイズもみ～んなフツーの娘の10倍サイズ！ そんな真珠がヴァルキュリアとなって世界を守る！

ゆ-1-1 0660

ヴァルキュリアの機甲Ⅱ ～恋愛操作～
ゆうきりん
イラスト／宮村和生

うまく機能し始めたヴァルキュリアたち。しかし、同時に大きな陰謀も動き始めていた……！ 真珠が『初恋』を体験するなか、黒いヴァルキュリアが動き出す！

ゆ-1-2 0702

ヴァルキュリアの機甲Ⅲ ～黄昏の花嫁～
ゆうきりん
イラスト／宮村和生

ついに〝黄昏の時〟がやってきた……！ ヴァルキュリアたちと竜一郎の溝は深まり、世界は破滅へと向かっていく。最後の望みは、真珠がつくるケーキだった⁉

ゆ-1-3 0741

ヴァルキュリアの機甲Ⅳ ～乙女達の楽園～
ゆうきりん
イラスト／宮村和生

ロキと愛し合ったレイン達3人は、ロキの子を授かった。しかし、これもラグナロクの伴奏に過ぎない。最終決戦はもう目の前に……!! ついにシリーズ完結！

ゆ-1-4 0772

電撃文庫

天国に涙はいらない

佐藤ケイ
イラスト／さがのあおい

高校生の賀茂とロリコン天使アブデルが悪魔探しを開始。目をつけたのは薄幸の美少女たまだった……。第7回電撃ゲーム小説大賞〈金賞〉受賞作！

さ-4-1 0526

天国に涙はいらない②畜生道五十三次

佐藤ケイ
イラスト／さがのあおい

狐に転生した賀茂は人間の姿を取り戻すべく霊狐の許を訪ねるが、願いかなわず行き倒れ状態に。そんな彼を拾ったのは一人の猫娘・真央だった……。

さ-4-2 0546

天国に涙はいらない③あだ討ちヶ原の鬼女

佐藤ケイ
イラスト／さがのあおい

ひょんな事から賀茂家の居候となった巫女少女・みき。唯一の肉親であった兄を殺した憎き仇を探しているらしい。その仇とは!? 人気シリーズ第3弾!!

さ-4-3 0564

天国に涙はいらない④男色一代男

佐藤ケイ
イラスト／さがのあおい

悪魔っ娘たまを付け狙う謎のナイスミドル。たまの出生の秘密を握る、その男の正体とは!? 悪魔っ娘&猫耳娘&巫女少女に今度は眼鏡っ娘が加わった第4弾！

さ-4-4 0592

天国に涙はいらない⑤逝き女五枚羽子板

佐藤ケイ
イラスト／さがのあおい

大晦日の夜に現われた幽霊少女は、たまの元親友。無事成仏させるために、彼女が現世に残した未練探しを始めるが……。人気シリーズ第5弾。無口で病弱娘登場。

さ-4-5 0628